다치면서
사는 법

존재 일기

존재 일기

다치면서
사는 법

조용환 지음

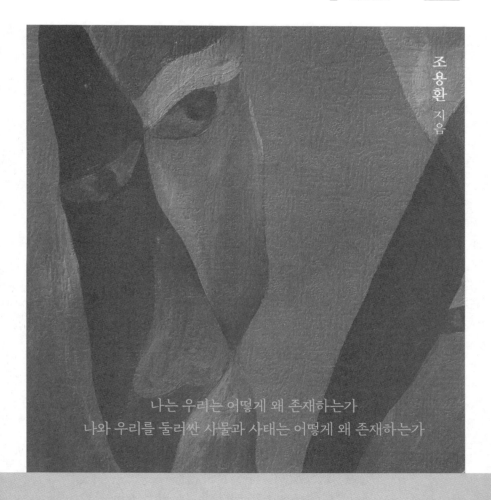

나는 우리는 어떻게 왜 존재하는가
나와 우리를 둘러싼 사물과 사태는 어떻게 왜 존재하는가

심오하고 난해할 수 있는 문제들을
일상생활의 실존 속에서 구체적으로 문답하고
소박하게 살피고 보살피기로 하자

바른북스

존재 일기

　내 나이 오십이 될 무렵이었던 것 같다. 문득 '여생餘生'이라는 단어가 뇌리에 떠오르고는 이후 줄곧 떠나지 않았다. 살아온 생보다 남은 생이 적겠다는 자각에 마음이 편하지 않았다. 살아온 생을 돌이켜 보면서 후회도 했지만 소용없는 일인지라, 남은 생을 더 의미 있고 알차고 보람 있게 살아야겠다 다짐하고 또 다짐했다. 그러자 시시각각 시간의 중요함이 강렬하게 다가왔다. 깊이 이해하지 못한 채 뒤적이다 밀쳐두었던 하이데거의 《존재와 시간》을 다시 꺼내 들었다. 새로웠고 이해가 더 잘 되었다. 죽음을 미리 앞당겨서 살기… 지금-여기 내가 살아 있음을 감사하기… 사람, 사물, 사태의 있고 없음을 온전히 관찰하고 성찰하고 통찰하기… 삶의 본질을 묻고 답하는 과제들이 생겼다. 그 본질에 비추어서 내가 하는 교육과 연구도 다시 들여다보게 되었다. 학문의 장에서만이 아니라 일상 구석구석에서 존재, 비존재, 존재자, 현존재, 공존재 등등이 절실한 문제가 되었다.

정년퇴임을 하면서 내 인생과 여생에 대한 숙고가 더 본격화되었다. 그러던 차에 드라마 〈나의 해방일지〉를 보았다. 줄거리나 극적 구성도 흥미로웠지만 '해방'이라는 말과 '일지'라는 말이 크게 와닿았다. 에릭 프롬의 《소유와 존재》에 심취한 적이 있었고 진정한 해방이 소유가 아닌 존재의 삶으로 전환하는 데 있음을 이미 깨닫고 있었다. 하지만 뭉근히 반성하거나 실천하지 못한 채 '세인世人'의 삶을 탈피하기가 쉽지 않았다. 하이데거의 '세계-내-존재'가 우리 모두에게 생존과 실존의 전제이기 때문일 것이다. 그러나 지금부터라도 여생은 조금이나마 더 메를로-퐁티의 지향적인 '세계-에로-존재'를 살아내기로 다짐했다. 그 다짐을 놓지 않기 위해서는 일지 혹은 일기가 필요했다. 그래서 이 〈존재 일기〉를 쓰기 시작했다.

정년퇴임과 동시에 사설 연구소 〈문질빈빈〉을 열어 공부와 강의를 계속하고 있었기에 그 네이버 블로그 'http://blog.naver.com/basacona〈존재 일기〉' 코너를 마련했다. 거의 매일 한두 편의 일기를 써 올리고 있다. 일기가 100편이 될 때마다 특유의 제목을 달아서 책으로 출판할 계획이었고 그 첫 성과물이 바로 이 책 《다치면서 사는 법: 존재 일기》이다. 앞으로도 새 존재 일기가 100편이 될 때마다 책으로 출판할 생각이다. 지면을 편집하면서 시처럼 글의 줄과 칸에 여유를 두었다. 글의 이해를 돕고 글의 리듬과 생기를 살리기 위해서다. 일기 한 편마다 제각기 의미가 있지만 맥락 속에서 글끼리 서로 호응하고 화답하는 점이 있음을 밝힌다.

내 삶의 배경과 지향이 이 책에 고스란히 담겨 있다. 단순히 교양 서적으로 읽어도 되고 학문적 관심으로 읽어도 좋다. 교육학이 내 학문적 바탕이며 질적 연구가 연구자로서 내 터전인 까닭에 교육과 질적 연구에 관련된 글이 근간根幹이다. 질적 연구의 철학적 배경을 이루는 현상학 공부에 심취해온 나의 글인지라 현상학적 논의도 핵심을 차지한다. 하이데거 이후 존재는 현대 현상학의 근본 화두 가운데 하나다. 세상에서의 부재가 속속 다가오고 있는 '여생의 나'에게 존재는 초미의 관심사가 아닐 수 없다. 흔히 하는 말로 "있을 때 잘해야 한다." 내 글들이 그 '잘함'에 조금이나마 도움이 되면 좋겠다.

2022년의 끝자락에
기오 조용환

목
차

존재 일기

나의 답글

삶의 질

누구나 잘 살고 싶어 한다. 그런데 어떻게 사는 것이 잘 사는 것인가? 어떤 삶이 좋은 삶인가? 아마도 하고 싶은 일을 마음껏 하고, 갖고 싶은 것을 마음껏 가질 수 있는 삶인지 모른다. 하고 싶지 않은 일은 내가 하지 않고 남을 시킬 수 있는 삶일지 모른다. 좋은 배우자를 만나 건강하고 풍요로운 가정을 꾸림으로써 대대손손 번영하는 삶이기도 할 것이다. 에릭 프롬E. Fromm이 보기에 이 모두는 '존재'가 아닌 '소유'를 기준으로 한 삶이다.

그런 삶에는 돈과 권력과 명예가 필요하다고 많은 사람이 생각한다. 특히 어떤 직업을 가지느냐가 삶의 질을 좌우한다고 생각한다. 돈과 권력과 명예가 다 보장되는 '좋은 직업'은 한정되어 있기에 '좁은 문'을 향한 질주가 불가피하다. 그 질주의 성패는 일차적으로 '좋은 학교'를 좋은 성적으로 졸업하는 데에 달려 있다. 그래서 모든 개인과 가정의 에너지는 최종 심급審級 학교인 좋은 대학원 진학 경쟁에 수렴된다. 그리고 모든 대학원의 에너지는 졸업생들을 얼마나 좋은 직장에 취업시키는가에 집중된다.

하지만 사람들이 태어나서 살다가 죽어가는 모습들을 유심히 살펴보면 그러한 소유와 질주의 도식이 정녕 좋은 삶을 보여주는 것 같지 않다. 함께 살펴보기로 하자. 우리 주위의 좋은 직업을 가진 사람들은 다 좋은 삶을 살고 있는가? 좋은 학교를 졸업한 사람들은 다 좋은 삶을 살고 있는가? 돈과 권력과 명예를 가진 사람들은 정말로 행복한가? 우리는 경제적으로 풍요한 한국인의 행복 지수가 빈곤한 부탄 사람들의 행복 지수보다 훨씬 더 낮다는 사실을 알고 있다. 그렇다면 삶의 질은 과연 어떻게 평가할 수 있으며, 무엇에 좌우되는 것인가?

나는 바로 '질質'이라는 말 속에 해답이 있다고 믿는다. 공자는 《논어》에서 "質勝文則野 文勝質則史 文質彬彬 然後君子질이 문을 압도하면 거칠고, 문이 질을 압도하면 틀에 갇히게 된다. 문과 질의 어우러짐, 그것이 군자의 길이다."라고 하였다. 여기서 '質'은 바탕을, '文'은 무늬를 의미한다. '質'은 인간의 손길이 닿기 이전 길들이지 않은 자연의 상태를 말하며 '있는 그대로'의 들판, 즉 '野'와 같은 것이다. 그리고 인간 문화의 핵심인 문자와 글월이 곧 '文'이며 문자로 쓰인 문화의 자취가 역사, 즉 '史'이다.

문질빈빈은 모든 존재의 바탕인 '즉자적 질'에서 존재자의 '대자적 문'이 어떻게 구성되는지, 또 그 문을 본래의 질로 환원하고 해체하여 어떻게 더 나은 재구성을 모색할지에 관심을 가지고 부단히 성찰하는 넘나듦의 실존 철학이다. 문은 표현태로서 '채워져 있는 세상'이다. 그와 달리 질은 그 근원인 생성태로서 '비어 있는 가능성'이다. 당장 눈앞에 보이고 만질 수 있는 부와 권력과 명예, 지식과 기술과 가치에 지나치게 집착하다 보면 그런 것들이 본래 무엇이며 어떤 과정을 거쳐서 지금 여기까지 오게 되었는지를 망각하게 된다. 한마디로 말해서 '존재의 주인'이 되지 못하고 '소유의 노예'가 된다.

나는 한 사람의 삶의 질이 문질빈빈의 태도와 역량에 좌우된다고 믿는다. 주어진 것을 당연한 것으로 받아들이지 않고 부단히 그 근본을 물음으로써 초월적이고 창조적인 구성과 재구성에 매진하는 삶이야말로 정말 질이 높은 삶이다. '좋은 직업'을 갖는 것 자체가 중요하지 않고, 어떤 일을 하며 살다 죽더라도 문질빈빈의 태도로 임하는 것이 중요하다. 이는 사회에 대해서도 마찬가지다. 교육, 연구, 정치, 경제 등 어떤 삶에서도 문질빈빈을 중시하는 사회야말로 삶의 질이 높은 사회이다.

　그렇다면 지금-여기서 나는 정말로 질적인 삶을 살고 있는가? 내 자녀와 제자들과 더불어 정말로 질적인 교육을 충실히 하고 있는가? 내가 하는 연구들은 문질빈빈이 살아 넘치는 질적 연구인가? 이 질문들에 긍정의 답을 하기가 쉽지 않다. 그러나 내 삶의 질을 높이기 위해서, 우리 교육의 질을 높이기 위해서, 내 연구의 질을 높이기 위해서 나는 이렇게 하루하루 성찰과 실천의 존재 일기를 쓴다.

2012년 10월 15일 서울대학교 《대학신문》에
실었던 〈관악시평〉을 손질한 글이다.

낱말

국어사전을 찾으니 '단어'로 가란다.
　단어로 가니 '문법상의 뜻이나 기능을 가진 언어의 최소 단위'라
풀이되어 있다.
　다시 국어사전에 '낱'을 찾으면
'셀 수 있게 된 물건의 하나하나'라고 한다.

　참으로 삭막한
문적이고 양적인 풀이들이다.
낱말이 한갓 말이나 글의 도구에 불과하다니
낱말이 셀 수 있는 물건의 하나라니….

　나한테는 낱말이 그보다 훨씬 더 크고 깊은 무엇이다.

　외로움
　그리움
　서운함
　미안함
　두려움

　상심

고통

절규

….

어느 하나도 그런 풀이들은 흡족하지 않다.

나의 생애에

가장 뜻깊고 귀한 낱말이 '질質'이다.

그런데 사람들은

나만큼 '질'의 의미와 크기와 깊이에 관심이 없다.

즉자 존재 그 자체로서

있는 그대로인 '질'에 대한

상심과 호기심이 없다.

너무나 쉽게 '문文'으로 절단하고

너무나 쉽게 '양量'으로 측정하니 말이다….

제자

누구의 제자라고
누구의 스승이라고 가볍게
사람들은 말한다.
매년 5월이면 더 흔히 그런다.

제자는 본래 당돌한 사람이다.
그와 달리
스승은 본래 부끄러운 사람이다.

별로 보살핀 것 없는 제자들을
스승은 왠지 잊지 못한다.
큰 은혜를 입은 스승조차도
제자는 편리하게 망각한다.

5월이 아닌 열한 달 내내도
스승과 제자 모두
부디 무게와 정성의 이름이어야 할 텐데….

탄천

연구소 가까이 탄천이 있다.
탄천에는 사람길과 자전거길이 있다.
사람길에 많은 개들이 있다.
모든 개가 사람들과 줄로 연결되어 있다.
늑대를 닮은 개
곰 새끼를 닮은 개
고양이를 닮은 개
서로가 너무나 다른데 하나의 이름 '개'로 불린다.
줄로 개와 연결되어 있는 사람들
줄도 개도 없이 걷는 사람들
서로가 너무나 다른데 그들 또한 하나의 이름 '사람'으로 불린다.

탄천을 걸으면
바람이 나를 만진다.
나는 바람을 만질 수 없다.
바람과 나는 서로 다르지만
실은 하나이기도 하다.

바람은 나에게 많은 존재를 알려준다.
길섶 갈대 무리를 보게 하고

달려오는 등 뒤의 자전거 소리를 듣게 한다.
탄천의 냄새도 준다.
물 냄새, 풀 냄새, 땅 냄새, 아스팔트 냄새

연구소에는 바람이라 말할 것이 없어서
나는 탄천 걷기를 좋아한다.

탄천을 걸으면
형형색색의 소리가 들린다.
소리는 움직임이다.
보지 않고도 느낄 수 있는 움직임
소리와 움직임은 하나인 것이다.
나는 눈을 감고 걷기를 좋아한다.
보이지 않는 것들을 만나는 방법이다.

탄천을 걸으면
온통 내가 살아 있다.

무위

존재는 무위無爲 즉 행함이 없음이며
인위人爲 즉 사람의 손길이 닿지 않았음이다.

그와 달리 존재자는 행함 즉 위爲이며
사람의 것들이다.

위는 업業이요 카르마karma다.
분별의 습성으로 살아가니
인간은 한시도 업에서 벗어날 수 없다.

업보業報 즉 업이 보를 낳으니
좋은 보를 염려하고 배려하고 심려하며
좋은 업으로 살아가야 할 터인데
어디 그러기가 쉬우랴….

업과 보의 관계들을
이리저리 무수히 관찰하고 성찰하고 통찰함으로써
좋은 업을 직관할 수밖에
현상학의 '자유변경을 통한 본질직관'….

하이데거가 존재자 가운데 유일한 현존재現存在라 한
우리 인간의 본질
그러니 오로지 실존에 충실할 뿐….
더 나은 인간 형성의 존재론적 지향으로서
교육다운 교육의 삶에 최선을 다할 뿐….

시간이라는 이름의 욕망

아침이면 알람이 나를 깨운다.
내 몸에 내장되어 있는 습관의 알람
또는 몸 밖 스마트폰 시계의 알람

잠이 깨면서
내 의식을 차지하는 첫 손님이 시간이다.
오늘은 무엇을 하며 어떻게 살지
치과에 가야 해
사람들에게 꼭 보내야 할 메일들
내일 강좌를 위한 준비
저녁 약속이 있었지

흐름인 시간을 잘라서 '일'을 만드는 하루
들뢰즈G. Deleuze와 가타리F. Guattari는 《안티 오이디푸스》에서
그 절단이 욕망기계의 소행이라 했지….

이미 습관이 되어버린 말들
시간이 없다
시간이 많다
시간이 지나간다

시간이 다가온다

그 언어 습관 가운데 노골적으로 욕망이 드러나는
시간이 아깝다
시간을 아끼자
시간을 벌었다
시간을 빼앗겼다는 말들

존재의 시간이 아닌
소유의 시간
그 속에서 또 하루가 시작되는구나.

사람과 사람은 어떻게 서로 연결되는가

내 몸과 네 몸은 서로 떨어져 있다.
같은 시간에 서로 다른 공간에 처해 있고
같은 공간에서도 서로 다른 시간성으로 존재한다.

그렇다면
서로 떨어져 있기 마련인 사람과 사람이 '어떤 하나'로 함께 있을
수 있는가
만약 그 '하나'가 되기 위한 연결이 가능하다면
그 연결은 정녕 어떻게 가능한가?

우리가 너무나 쉽게 상정하고 설정하는 하나 된 '관계'의 이름들
가족, 친구, 연인, 사제, 이웃, 국민, 민족….
나에게는 그 관계들이 너무나 어렵다.
이해하기 어렵고
맺기 어렵고
잘 유지하기가 어렵다.

레비나스E. Levinas가 말하듯이
타인은
내가 어찌할 수 없는 사람

내가 어찌해서도 안 되는 사람
그러니 박대가 아닌 환대를 해야 하는 사람

부버M. Buber는 사람과 사람 사이에
상호 대상적인 '나와 그것'의 관계가 아닌
상호 주체적인 '나와 너'의 관계가 귀한 것이라 하였다.
심지어 사람이 아닌 다른 존재자들과 사람 사이에서도 그 귀함이
필요하다 하였다.

그런데도 나는
타인이 이러저러할 것이라 지레짐작하고 섣불리 판단한다.
나에 대해서도
내가 어떤 사람인지 정말 깊이 들여다보고 살펴보고 보살피는 타
인들이 없다.

그래서 정호승 시인이
외로우니까 사람이라고 했던가
오늘도 참 외롭다.

우측통행

내 쪽으로 곧장 마주 오는 사람을 만난다.
내가 오른쪽이니
저 사람에게는 분명 왼쪽일 텐데….
길을 비켜줄까
길을 비키기를 기다릴까….

해방 이후 첫 좌파 정부 10년 끝에
이명박 정부가 들어서서 처음 한 일이 우측통행이다.
그래서 꽤나 오랫동안
지하철 승하차장에서 '더 나은 보행문화의 정착을 위해 협조해주
시기 바랍니다.'라는
문화혁신의 공익광고문을 읽어야 했다.
우측통행이 '더 나은 보행문화'라면
당시까지 오십 평생 좌측통행을 한 나는
좋지 않은 보행문화로 줄곧 살아왔던 셈이다.

당신 자신이 왼손잡이이면서도
손자의 왼손 쓰기를 한사코 못마땅해하셨던 어머니….

왼손의 시니스터sinister 즉 사악邪惡

오른손의 덱스터dexter 즉 선정善正
이 대비는 인류 초기부터 의외로 많은 사회에 있어왔다.

그런데
내가 유심히 관찰한 산책길의 보행문화는
오른쪽이냐 왼쪽이냐보다
걷기 편한 쪽, 그늘이 있는 쪽을 선호하는 문화일 뿐이다.
드 세르토M. de Certeau가 《일상생활의 실천》에서
부르디외P. Bourdieu가 《실천이론의 개요》에서 언급한
문화와 제도의 지배 '전략'과
그에 맞서 편리를 우선시하는 일상적 대응 '전술'의 대비
그 사이에서
우측통행은 그다지 철저히 지켜지고 있지 않다.

서판교 집에서 수내 연구소를 오가는 길에
우측통행을 하지 않은 채
우측통행을 하는 나를 향해 곧장 걸어오는 사람들 때문에
오늘도 나는
지키려고 하는 질서 의식과
틀에 갇히지 않으려는 자유와 여유
다 좋은 둘 사이에서
작은 한계상황을 자주 맞이한다.
하나를 선택할 때 다른 하나는 배제해야 하는 가치 갈등의 사태를
말이다.

다치면서 사는 법

큰 선박에는
좌초나 침몰을 대비하기 위한 격수벽隔水壁이 있다.
배 아래 몸통을 칸칸이 작은 방들로 나누어놓았다.

나는 매일매일
다치면서 살아간다.

가족의 상처 주는 말과 행동에 다치고
이웃의 홀대와 무심함에 다치고
혼탁한 세상 때문에 다치고
무엇보다 나 자신에 대한 실망으로 다친다.

피하고 싶지만
다치지 않고 살 수는 없다.

그렇다면
나도 격수벽을 가지자.
내 마음에 크고 작은 칸막이를 하자.
좌초와 침몰에 맞서는
배의 의지처럼

나도 니체의 '힘을 향한 의지Wille zur Macht'를 가지자.
힘의 의지는 실상
내 삶을 내가 스스로 만들고자 하는 주체와 자립의 의지이다.

외부와의 충돌에 전전긍긍하는
작은 배 말고
튼실한 칸막이들이 살아 있는
큰 선박이 되자.

한쪽을 다치더라도
다른 쪽으로 버티면서
온전한 나를 회복하는 힘이 있는
큰 선박 말이다.

열무김치

여름철이면
내 몸에서 열무김치 냄새가 난다고 한다.
남도 아닌 내 아내가….

나는 열무김치를 정말 좋아한다.
특히 얼갈이배추와 열무를 섞어 담그는 맑은 물김치를 좋아한다.
그 파릇파릇한 시원함
그 톡톡 부러지는 아삭한 발효

강원도 텃밭에서 내 손으로 가꾸는 열무는
씨 뿌리기에서 솎아주기
김매기와 거름주기
거두어서 장모님의 김치 솜씨에 맡겨지기까지
내내 나와 함께 한다.

그러니 가히
내가 열무김치이며
열무김치가 곧 나라고 말할 수 있다.

언제부턴가 부쩍 인구에 회자되는

포스트휴머니즘posthumanism
그것이 내게는 관념이 아닌 생활이다.

열무김치와 서로 내속內屬해 있는 나에게서
열무김치 냄새가 나는 것은
지극히 마땅한 일이다.

비의 소리

비는 자신의 고유한 소리를 가지고 있을까….

바람을 만난 비의 소리
숲을 만난 비의 소리
아스팔트 길을 만난 비의 소리
내 우산을 만난 비의 소리

무엇을 만나는가에 따라 서로 다르다.
누구를 만나는가에 따라 서로 다르다.
그 모두 서로 다르다.

장마가 곧 올 것이다.
긴 가뭄 끝의 이 단비 소리와 달리
장맛비의 소리는 또 다른 느낌이겠지….

존재가 아닌 현상現象. phenomenon
사실이 아닌 현사실現事實. facticity
존재로서 비는 사실 다른 비가 아닐 텐데
나에게 지각되는 현상과 현사실의 비는 이토록 서로 다르구나.

무엇이나 누구와도 상관없는
고유한 비
어떤 만남이나 관계 이전의
비의 고유한 소리

메를로-퐁티M. Merleau-Ponty가 《지각의 현상학》에서 말하는
인간의 '고유한 신체'
들뢰즈G. Deleuze와 가타리F. Guattari가 《안티 오이디푸스》에서 말
하는
흐름 자체의 '기관 없는 신체'
비에게도 비의 소리에도 그런 것이 있을까….

남 사랑 내 사랑

내가 사랑하는 사람들이
많이 아프고
많이 힘들고
많이 외롭다.

그런데 그들의 아픔과 곤경과 외로움을
대하고 또 대하자니
짜증이 난다.
아무것도 어찌해줄 수 없어 막막하고
나 또한 아프고 힘들고 외로워 죽겠는데

그들이 달라졌으면 좋겠다.

그래서 나도 모르게
충고질을 하고 조언질을 한다.
짜증을 감추고서

하지만
내가 달라지기 어려운데
그들이 달라지기는 어디 쉬울까

나부터 달라져야 하건만
나의 나아지지 않음에 대해서는 언제나 관대하다.

무엇이 어떻게 달라져야 하는지에 대해서
나는 다 안다고 믿는다.
그러나 알면 뭐하겠는가
그렇게 살지 않는데

나를 사랑하는 최선의 길은
하루에 하나라도 조금씩 정말 달라지는 것이다.
나아지는 것이다.

죽는 날까지 배우고 익히는 것이다.
깨닫고 나아지는 것이다.
배우고 익힘에 끝이 없듯이
무실역행務實力行에 완성은 없다.

나를 사랑하는 것이
내가 사랑하는 사람들을 사랑하는 첫걸음이다.

편리

너와 나 모두에게 편便하고 이利가 되는 것은 없다.
신체, 시간, 공간, 관계, 자원에는 한정이 있지만
인간의 욕망이 서로 다르고 한량이 없기 때문이다.

그와 반대로
너와 나 모두에게 불편하고 불리한 것이라면
저절로 차차 사라지기 마련이다.

그런데
내게는 편하고 이가 되지만
다른 사람들에게 불편하고 불리한 것과
내게는 불편하고 불리하지만
다른 사람들에게 편하고 이가 되는 것이 있을 때
더불어살이의 '선택' 문제들이 생긴다.

견리사의見利思義
이런 갈등 사태에서 '이'가 아닌 '의'를 중시하기
맹자가 논하고 안중근 의사가 실천한 것이다.

의義는 나我의 양羊에 집착하지 않는 '옳음'의 선택이다.

다른 사람들에게 불편하고 불리할지라도
내게 편하고 이가 되는 것을 선택하기가 쉽다.
내게는 불편하고 불리하지만
다른 사람들에게 편하고 이로운 것을 선택하기는 어렵다.

사람들이 어떤 선택을 많이 하는 세상이 좋은 세상일까?

내가 추구하는《교육다운 교육》조용환, 2021에서
전문기술교육의 기초를 이루는 교양교육은
바로 이 '의'를 원리로 삼는 교육이다.

찬물 한 바가지

스승은
찬물 한 바가지

대화를 나누다가
대뇌 주름주름 소름이 끼칠 때가 있다.
책을 읽다가
나도 모르게 눈물이 날 때가 있다.

정신이 확 든다.
정신이 와락 깨어난다.

내 정신은 도대체 어디로 나가서 왜 졸고 있었던 것일까.

어떤 사람이 내 스승인지는
찬물 한 바가지로 알 수 있다.
어떤 책이 내 스승의 책인지도
소름 끼치도록 깨어나게 만드는 찬물 한 바가지로 알 수 있다.

그런데 스승은
내가 갈구渴求하고 있을 때 오신다.

인정 욕구

존재 일기를 쓰면서
한 사람이라도 더 내 글을 읽고 댓글을 달았으면 하고 기대한다.
작년에 《교육다운 교육》 책을 펴내고도
더 많은 독자와 교육답지 않은 "교육"에 대한 내 상심을
공유하기를 고대하며 지낸다.

부모의 인정을 갈구하는 자녀
교사의 인정에 목마른 학생
아내의 인정에 자세를 가다듬는 남편
상사의 인정에 춤을 추는 부하

반대 방향으로도 마찬가지다.
인간의 모든 관계에서 인정은 기본 욕구라 할 수 있다.

칭찬은 고래도 춤추게 한다.
그러나
고래를 춤추게 하는 칭찬이 있다.
고래를 춤추게 하는 칭찬의 방법이 있다.

낭중지추囊中之錐

주머니 속의 송곳이다.
주머니 속에 송곳이 있으면 삐져나오기 마련이다.
내가 정말 괜찮은 사람이라면
내 글이 정말 읽을만한 것이라면
애써 나서거나 내세우지 않아도 된다.

그런데도 못난 나는
못내 조바심이 나는 것을 어찌할 수 없다.

밤꽃 향기

밤꽃 향기가 숲에 퍼지고 있다.
어떤 이는 향기가 아닌 칙칙한 냄새라고도 말한다.
어찌할 수 없다.
주관에 따라 서로 다른 '지각의 현상'이므로

6월에서 10월까지 다섯 달 사이에
밤의 꽃은 열매로 탈바꿈한다.

밤나무의 본질은 고스란하지만
그 현존의 형태와 의미는
탈을 바꿀 때마다 한결같지 않다.

밤꽃을 드나들며 부지런히 수분授粉하는 벌 덕분에
밤의 꽃은 열매가 되고
우리는 밤은 물론 밤꿀까지 얻는다.

이런 현상 가운데서 나는
하이데거의 '시숙時熟, Zeitigen'을 몸으로 익힌다.
  시간은 서로 다른 현존 가능성에 따라 서로 다른 방식으로 무르익
는다.

하이데거는 설익음을 '아직-아님'이라 하였다.
하지만 나는 설익음이 있기에 무르익음이 있는 '존재의 시간'들을
모두 사랑한다.

시숙에는 시작과 종결이 없다.
중단도 없다.
초여름 밤꽃 향기에
가을의 무르익은 밤이 이미 존재하고 있다.

소박한 부자

강원도 인제군 북면 모란골 산벗마을에 내 작은 텃밭이 있다.
백석 선생이 시에서 호출했던 향토의 숱한 이름들처럼
오늘 문득 내 식물들을 호출해보고 싶다.

먼저, 텃밭에서 내가 기르는 채소
열무, 알타리무, 순무, 가을철 김장무, 얼갈이배추, 김장배추, 김장
갓, 매운 고추, 아삭이 고추
부추, 파, 쑥갓, 아욱, 근대, 셀러리, 케일, 비트, 호박
산마늘명이, 삼채, 참나물, 돌나물, 참취, 곰취, 수리취, 머위, 냉이,
달래
청상추, 적상추, 청로메인, 적로메인, 청겨자, 적겨자
채소가 맞나 싶은 오이, 가지, 감자, 돼지감자, 고구마, 콩, 땅콩, 옥
수수, 토마토, 방울토마토

내가 심어 기르는 나무들과 그 과일
사과, 포도, 대추, 앵두, 머루, 자두, 매실, 개복숭아, 돌배, 아로니
에, 블루베리
뽕나무 오디, 꾸지뽕나무 오디

과일이 나는 것은 아니지만 내가 심어 기르는 귀한 나무들

가시오갈피, 엄나무, 두릅나무

벚나무, 주목, 벌나무, 마가목, 싸리나무, 화살나무, 생강나무, 단풍
나무, 고로쇠 단풍나무

사철나무, 회양목, 철쭉, 흰철쭉, 영산홍

내가 심어 기르는 산 약초들

더덕, 당귀, 도라지, 둥글레, 표고, 느타리버섯, 부처손

내가 심지 않았으나 집 주위에서 자라 먹거리를 주는 것들

칡, 민들레, 고들빼기, 씀바귀, 쇠비름, 엉겅퀴, 비름나물, 산딸기

내가 심지 않았으나 집 둘레에서 자라 돌보는 나무들

지천인 소나무와 가래나무, 밤나무, 느릅나무, 토종 자작나무

빠진 것이 있을지 모르겠다.

내가 기르거나 절로 나서 자라는 집 안팎의

꽃들은 다음에 또 호출하기로 하자.

소박素朴은 부자와 어울리지 않는다.

그러나 내가 지향하는 부자의 모습이다.

방학

정년퇴임을 한 지 채 넉 달이 되지 않았는데
방학이 낯설다.
대학원에 재학하는 연구소 도반들이 '방학 때는' 운운하길래
새삼 달력 속의 '학기'를 들여다보았다.

정년퇴임을 하면서
그간 당연했던 것들이 낯설어지고
낯설었던 것들이 조금씩 당연해지고 있다.

다른 직업인은 어떨지 모르겠으나
조교와 학생들의 도움에 크게 의지하여 살아온 교수에게
정년퇴임은 '새사람 되기'의 가혹한 거듭남을 요구한다.

학교형 사회에서 방학은
정의상 '학교에 안 가도 되기'다.
교사와 학생 모두에게 학교는 안 가면 좋은 곳이다.
그래서 방학은 좋은 것이다.

그러나 칸아카데미를 창설한 칸s. Khan이 주장하듯이
방학이 '학업에서 벗어나기'가 되어서는 안 된다.

학업의 장기간 단절이나 분절이 결코 바람직하지 않기 때문이다.
학습 중심의 교육다운 교육을 전제할 때
학업에서 벗어나 '휴식을 취하기'로서
방학은 학생 저마다가 필요할 때 언제든 가질 수 있는 것이어야
한다.

제도화된 '학교에 안 가도 되기'로서 방학은
학업의 시간성을 획일적으로 집단적으로 절단하는 일종의 '사회기
계'이다.
학교에 가고 싶어도 못 가는 나에게
그런 절단은 더 이상 의미가 없다.

그와 달리 학업에서 벗어나 '휴식을 취하기'로서 방학은 감사하
게도
이제 오롯이 나의 자율에 맡겨져 있다.

뱀 구멍

땅에는 크고 작은 많은 구멍이 있다.
개미구멍, 땅강아지 구멍, 들쥐 구멍, 두더지 구멍
그 가운데 뱀 구멍도 있다.

독사가 출몰하는 산골에 사는 나에게는
뱀 구멍이 결코 예사롭지 않다.
뱀과 더불어 지내면서부터
뱀잡이 도구를 장만하고 그 도구로 뱀 잡는 모의연습도 가끔 한다.

나는 뱀이 무섭고
그래서 밉다.

하지만 생각해보면
내가 집을 지어 이주하기 전부터
뱀들은 그곳을 터전으로 이미 살고 있었다.

뱀이 내 생활권을 침입한 것이 아니라
내가 뱀의 영토에 침입한 것이다.

그런데도

관념이 아닌 습성의 나로서는

뱀을 미워하지 않고

볼 때마다 때려죽이려고 들지 않을 자신이 없다.

방법

컴퓨터 운영체제에 문제가 생겨서
해결 방법을 찾느라 며칠 애를 쓰다가
전문가의 도움으로 해결을 하고 나니 날아갈 듯이 기쁘다.

삶의 문제들만이 아니라
연구의 문제들에서도 늘 이런 방법 사태가 대두한다.

우리말 '방법'은 한자말이며
궁리하여 바른길 찾기를 뜻한다.
영어 'method'도
어원상 치열하면서 체계적인 길 찾기를 뜻한다.

그런데 방법의 '방方'은
모난 것이어서 둥근 것 '원圓'과 대비된다.
이를 나는 의미상 방법의 근원적인 한계라 읽는다.
마치 불교의 '방편方便'이 그렇듯이 말이다.
어떤 방법도 완벽한 것은 없다.

영어 'method' 역시
너머meta와 길hodos의 합성어로서

너머 또 너머 길 찾기를 뜻하니
한계와 무한도전을 전제하고 있다.
현상학의 '자유변경을 통한 본질직관'이다.

질적 연구의 한 가지 방법에 'ethnomethodology'가 있다.
어떤 특징을 가진 사람들ethno 특유의
문제와 방법을 관찰하고 분석하는 연구이다.
그리하여 우리는 권위를 누리는 'scientific method'의
이면과 너머를 통찰할 수 있게 된다.

내 컴퓨터의 문제를 해결하느라
딸깍발이 나름대로 방법을 찾아서 이리저리 헤맸다.

칡

세상에는
칡을 모르는 사람과 아는 사람
두 부류의 사람이 있다.
칡을 아는 사람은 다시
조금 아는 사람과 많이 아는 사람으로 나뉠 수 있다.

조금 아는 나에게
칡은 '무자비함'과 '그악스러움'의 이미지로 그려진다.
나에게 칡은
생명력의 화신이며
생존경쟁의 달인이다.

다른 식물들을 무자비하게 감고 올라
마침내 말라 죽게 만드는 방식으로
칡은 생육한다.
그악스레 줄기를 뻗고 뻗어
숲을 독차지하는 방식으로
칡은 생육한다.

칡을 보면서 나는

우리 사회의 입시경쟁을 떠올린다.

칡의 꽃은 아름답고 그 뿌리는 이롭다.
그러나 굳이 그토록 무자비하고 그악스러운 방식으로
아름답고 이로워야 할까.

칡을 볼 때마다
내가 혹시 칡처럼 살고 있지는 않은지 반성한다.

나는 누구인가

힘들여 공들여 박사가 되고도
교수가 되지 못해 상심의 세월을 보내야만 하는 제자들
지도교수로서 안타깝고 무력감을 느낀다.

무엇이 된다는 것은 쉽지 않다.

하이데거는 '무엇'인 존재자Was what들 가운데서
인간이 유일한 '누구' 즉 현존재Wer who라 하였다.

나는 '무엇'인가?
남자, 어른, 국민, 아들, 남편, 아빠, 지도교수
그런 사회적 지위 하나하나가
그런 사회적 지위들 묶음이
내가 '누구'인가를 답해주지 않는다.

네가 누구인지를 내가 안다는 것은 더욱 쉽지 않다.

이스라엘 백성을 이끌고 이집트를 탈출하라고 명령하는 야훼를
향해
하필 내가 왜 그런 일을 해야 하며

나에게 명령하는 당신은 도대체 어떤 존재인지를 묻는
모세에게
야훼는 "I am who I am."이라 답변한다.
인간이 알고 있는 어떤 '무엇'으로도 규정할 수 없기에
오롯이 '누구'일 뿐인 야훼

무엇 때문에 상심하는 사람들 속에서
무엇이 되기 위해 진력盡力하는 사람들 속에서
나 또한
내가 누구인지에 무심하게 될까 염려된다.

몸

마음의 옛말古語이다.
나는 가끔
더 이상 쓰이지 않아 사라진 옛말을
오래 성찰할 때가 있다.

본래 하나였던 '숪여기서 ㅅ = ᅀ'이
삶존재과 앎인식으로 분리되고

앎이 삶을 지배하고 억압하는 세상이 되면서
교육학에서도
존재의 교육은 길을 잃고
인식의 교육이 길 앞자리를 차지하는 세태를
안타깝게 성찰한다.

몸에는
서로 다른 것들의
틈과 사이
결합과 연대
만남과 교차
갈등과 긴장이 보인다.

하나가 아닌 여럿의 공존상생이 보인다.

마음에는 보이지 않는
주체-타자의 실존이 보인다.
하부구조infrastructure-상부구조superstructure의 중층성이 보이고
어떻게 살아야 하는지
지혜도 보인다.

내 맘대로
네 맘대로
몸이 맘으로 쓰이면서부터
혹시 독선獨善이 횡행하게 된 것은 아닐까.

분위기

저녁놀을 함께 보면서 자주 걸었던 언니 이야기를 하며
딸이
그때 나눈 이야기 내용은 잘 기억이 나지 않는데
그때의 분위기는 선명하게 떠오른다고 했다.

하이데거는 분위기*Stimmung*를
인간 현존재가 '어디에 처해 있음'이라고 하였다.

나라 분위기
마을 분위기
집안 분위기
수업 분위기

현상학과 마찬가지로 질적 연구는
분위기와 그에 처한 사람들의 '기분*Stimmung*'을 연구한다.
기분과 분위기는
정보로 축약하여 분석하거나 설명할 수 없고
최대한 그 자체를 '있는 그대로' 이해하고 의미화해야 한다.

분위기는 애매모호하여

메를로-퐁티가 《지각의 현상학》에서 말한 대로
오롯이 지향적일 뿐이지만
사람들로 하여금 실존적인 결단을 하고 선택을 하게 하니
우리 생활세계에서 참으로 중요한 것이다.

등에

낙생공원 숲을 지나 연구소로 향하는데
벌도 모기도 파리도 하루살이도 아닌 무언가가
팔뚝 뒤에 붙어
따끔 일침을 쏘고 갔다.
침을 발라 문지르며 내내 뭐지, 뭐지….
혹시 등에인가….
괘씸한 놈, 천하에 쓸모없는 미물이 어찌 생겨나서
툴툴거리며 걸었다.

나는 가끔
저따위가 왜 생겨나서 존재하지…라며
어떤 사람, 사물, 사태의 존재 이유 *Raison d'Etre*를 의혹한다.

마치 나 따위는 아주 대단한 존재인 양 말이다.

소크라테스는 '아테네의 등에'를 자처했다.
잘났다 으스대는 '갑질'들에게 찰싹 달라붙어
정신이 번쩍 들게 만드는 역할을 자신이 하고 있다 자부했다.

등에의 존재 이유

소크라테스의 존재 이유

잠깐의 따끔거림에 기대어서
나는 오늘
오래오래 존재 이유를 화두話頭로 숙고한다.

나의 존재 이유는 무엇인가?

살아 있다

내가 죽는 꿈, 죽어가는 꿈
죽지 않으려고 안간힘을 다하는 꿈
그런 꿈에서 깨어나는 아침이 있다.

안도의 숨을 내쉬며
살아 있다
내가 살아 있다
새삼스레 감사하다.

내가 아닌
내가 사랑하는 사람이 죽는 꿈에서 깨어날 때도 그렇다

아직 살아 있다
여태 살아 있다
삶과 죽음이 오갈 때의 말들이다.
감사를 담기도 하고
당혹을 담기도 하는 말들

잘 살고 있다
못 살고 있다

이런 말을 할 때 우리는 의외로
살아 있음 자체의 고마움에 무심하기 쉽다.
마치 죽음은 전혀 내 것이 아닌 양

생존生存은
살아 있음과 살아남음의 두 가지 뜻이 있다.
둘 다 참으로 절실하거나 처절한 '존재의 문제'들이다.

그런데
머리에 입에 '생존'을 떠올릴 때 우리는 의외로
살아 있음에 대한 고마움보다
살아남기 위한 그악스러움에 매몰되는 경향이 있다.
잘 살기 위함, 더 잘 살기 위함
남보다 더 잘 살기 위함
그래서 생존은 '적자생존'으로 '생존경쟁'으로 치닫는다.

나 아닌 것들의 고귀한 살아 있음을 도외시하고
나 아닌 것들과 더불어 살아남음을 등한시한다.

숫자의 현상학

2020년 초반
코로나 확진자가 하루에
1명, 10명, 100명으로 늘어나면서
온 나라가 들썩거렸다.

기세가 꺾인 듯하던 코로나가 다시 기승을 부리면서
코로나 일일 확진자가 50만 명 대에 육박했다.

2022년 6월 말
코로나 하루 확진자는 6,000명대로 다시 떨어졌다.

2020년 초의 확진자와
2022년 6월 말의 확진자는 공히
한 사람 한 사람이지
요동치는 숫자가 아니다.

그런데도 우리는
1명의 확진자와 50만 명의 확진자 사이에서
민감과 둔감이 뒤바뀌는
지각의 현상학을 경험하고 있다.

러시아-우크라이나 전쟁에서
수많은 사망자가 나오고
숱한 난민이 속출하고 있다.
그 사망자와 난민 또한
제각기 천상천하유아독존天上天下唯我獨尊의 단 한 사람들이다.

내 것이 아닌, 내 사랑하는 사람의 것이 아닌
아픔과 죽음은 이렇게
아무렇게나 숫자로 헤아리고
잊고 외면하고 무심해도 좋은 것인가.

글이 글을 쓴다

글쓰기는 어렵다.
좋은 글쓰기는 더 어렵다.

그런데
글쓰기가 어려워서 글을 쓰지 않으면
글을 쓸 수 없다.

생각은 삶을 정리하고
글은 생각을 정리한다.

되든 안 되든
한 줄 글을 먼저 쓴다.
그리고는 그 글을 가만히 들여다본다.
그러면 그 글이
또 한 줄의 글을 낳는다.

글에 내가 있고
가족이 있고
자손이 있고
이웃이 있으니

글이 곧 세상이다.

아이를 잘 기르기가 어려운 세상이라
아이를 낳지 않겠다고 한다.
그러면 마침내 아이가 없는 세상이 된다.

아이가 자라서 아이를 낳는다.
글이 자라서 글을 낳는다.

잘 알지도 못하면서

2009년에 개봉된 홍상수 감독의 영화 제목이다.
지인들의 삶에 대한
주인공 구경남의 이어지는 오해로 인한
아니, 섣부르고 어설픈 '이해답지 않은 이해'로 인한
묘한 존재 사건의 다양체를 다루고 있다.

객관주의적 설명의 한계를 극복하고자
상호주관적 이해를 추구하는 질적 연구

그런데 나는
질적 연구를 '잘 알지도 못하면서'
함부로 말하거나 평하는 사람들을 참 많이 본다.
이해가 무엇이며 어떻게 해야 하는지 '잘 알지도 못하면서'
이해했다거나 이해할 수 있다고 자처하는 섣부름이나 어설픔을 참
많이 본다.
안타깝기 그지없다.

나에 대해서도 그렇다.
나의 생애사
나의 학문

나의 기쁨과 슬픔
그 어느 것에 대해서 '잘 알지도 못하면서'
나를 깊이 없이 함부로 거론하는 세상을 살고 있다.

아내와 딸, 아들을 비롯한
타인에 대해서
나 또한 '잘 알지도 못하면서'
많은 오해와 '이해답지 않은 이해' 가운데서
살아가고 있을 것이다.

겸허해지자.
존재에 대해서
사람에 대해서
학문에 대해서
사랑에 대해서

잠수함의 토끼

산소 측정 장치가 미흡했던 초기 잠수함에는
산소 부족에 민감한 토끼를 태웠다고 한다.
소설 《25시》의 작가 게오르규C. V. Gheorghiu는
잠수함 수병으로 근무했던 자신의 경험에 기대어
작가와 지성인의 사회적 소명을 '잠수함의 토끼'라 비유했다.

암담한 24시간 끝에 어떤 25시가 닥칠지 모르는 시대에
니체는 《반시대적 고찰》을 역설했고
게오르규는 작가와 지성인이 잠수함의 토끼 역할을 해야 한다고
주장했다.

사는 데 필요한 것들을 만들어 나누는 일을 '생산'이라 한다.
그 물질과 서비스들이 삶生을 낳기産 때문이다.

우리 모두는 각자의 능력과 기회에 따라서
더불어살이에 필요한 것들을 서로 만들고 나누어야 하는 소명을
안고 산다.
그렇다면
공부밖에 별다른 재주가 없는 나와 같은 사람은
세상을 위해서 무엇을 만들고 나누어야 하는 걸까….

니체와 게오르규의 말로는
세상에 꼭 필요한 지식이거나 지혜일지 모른다.
24시 세상의 25시를 통찰하는 혜안과 예견적 실천일지 모른다.

나를 포함한 많은 학자, 연구자, 지식인들이
알게 모르게, 내세우거나 드러내지 않고 잠수함의 토끼를 자처한다.
하지만 정녕
나와 그들은 무엇을 생산하고 있는가?
무엇을 통찰하여 어떤 예견적 실천을 유익하게 하고 있는가?

미네르바의 부엉이

그리스 신화는
지식과 지혜, 학문과 예술의 여신으로 아테나Athena를 그리고 있다.
이를 이어 로마 신화는
미네르바Minerva에게 그 자리를 맡기고 있다.

부엉이혹은 올빼미가 늘 미네르바 곁에 있었기에
사람들은 '미네르바의 부엉이'를
지혜와 학문의 상징으로 칭하게 되었다.

그런데 정작
미네르바의 부엉이가 각광을 받기 시작한 것은
헤겔이 자신의 저서 《법철학》에서
미네르바의 부엉이가 황혼에 비로소 난다는 비유를
철학에 부여하면서부터라 할 수 있다.

이 비유는 두 갈래로 읽을 수 있다.
느지막이 유유히 난다는 의미와
때늦게 난다는
서로 다른 의미이다.

철학을 비롯한 학문이

비판적 숙고 끝에 온전한 지식과 지혜를 낳는다는 의미

그래서 미네르바의 부엉이는 황혼에 나는 것이다.

그와 달리

열정도 용기도 없는 학자들이

우물쭈물 우왕좌왕하다가 뒷북치듯이 때늦게 부랴부랴 뭔가를 내

놓는다는 의미

그래서도 미네르바의 부엉이가 황혼에 난다는 것이다.

학자로서 나는

나의 학문은

어느 쪽인가, 어떤 부엉이인가.

때문에 vs 불구하고

일상 언어생활에서 우리는
두 가지 상반된 표현인 '때문에'와 '불구하고'를 자주 쓴다.

본래 '때문에'는 '까닭에'와 같이
원인-결과 관계를 표현하는 데 두루 쓰이지만
의외로 부정적인 결과의 '탓'을
수동적으로 소극적으로 찾아서 '돌릴 때'도 자주 쓰인다.

누구 때문에
무엇 때문에
너 때문에, 그들 때문에, 부모 때문에, 교사 때문에
힘들거나 불행하다고 한다.
돈 때문에, 시간 때문에, 거리 때문에, 체면 때문에
할 수 없거나 안 하겠다고 한다.

누구 또는 무엇이 있어서 탈이거나
없어서 탈이다.

이와 달리 '불구하고'는
누구 또는 무엇이 있거나 없더라도

구애되지 않는다거나 구애받지 않겠다는 능동적인 선택을 표현한다.
그래서 적극적이고 주체적인 힘을 느끼게도 한다.

네가, 그들이, 부모가, 교사가
있음에도 불구하고
없음에도 불구하고
애로와 불편, 손해나 부족이
있음에도 불구하고
돈과 시간, 능력과 도움이
없음에도 불구하고
잘 안되더라도 어떻게든 해보겠다는 것이다.

나의 언어 습관에서
의식적으로라도 '때문에'보다 '불구하고'를
더 자주 쓰도록 힘써야겠다.

산골 살림

모란골 집에 아침 일찍 도착해서
제일 먼저 한 일은 환기換氣와 제습除濕이다.
매일 살지 않는 집이 쉽게 상하기도 하거니와
장마철에는 특히 습기를 비롯한
폐쇄된 공간의 좋지 않은 기운으로
집의 표정이 밝지 않다.

제습기와 보일러를 켜고 선풍기를 돌린 다음
가져간 서울 빨래와 지난 한 주의 인제 빨래를 한다.
설악산 자락의 맑은 햇볕에 빨래를 뽀송뽀송 말리는 즐거움 때문
에 나는
내 모든 빨래를 항상 모란골 집에서 한다.

말리느라 채반에 늘어놓은 뽕나무와 꾸지뽕나무의 잎과 가지
그리고 지난 두 주 동안 수확한 표고를
앞마당 볕으로 모신다.

서울에서 가져간 밥과 된장국으로 간단히 아침 요기를 하고
곧장 텃밭으로 나가
얼갈이배추와 알타리무 수확을 했다.

장모님과 우리 두 집이 먹을 김칫거리가 넉넉하다.
그리고는 폭우로 엉망이 된 상추밭을 정리한다.
상추는 땅에 닿은 부분, 풍우에 꺾인 부분이 금방 상한다.
수돗가에서 두어 차례 깔끔하게 씻으니
폭우를 견딘 상추가 훌륭한 먹거리로 변신했다.
숨 돌릴 틈도 없이 비트밭 손질이다.
무, 순무, 비트, 고구마 같은 뿌리채소는
무성하게 자라는 곁잎 곁줄기를 수시로 따주어야 잘 자란다.
따낸 비트 잎줄기는 상추, 쑥갓과 더불어 최상의 쌈 재료다.

점심은 따로 먹지 않는다.
내가 좋아하는 점봉산 옥수수 막걸리 두 잔이면 족하다.

오후 첫 일과는 밑에 있는 밭에 내려가서
오이와 토마토 곁잎 곁가지를 쳐주고
지지대를 더 세워 위로 한껏 뻗으며 잘 자라게 해주는 일이다.
지난주와 달리
폭우에도 쓰러진 옥수수가 없어서 얼마나 감사한지 모르겠다.
땡볕 땀 세례에도 불구하고
새로 단장한 식물들 모습에 힘든 줄 모른다.
초대하지 않은 손님 잡초들이 왕성한 자생력을 자랑하니
모름지기 밭농사는 '잡초와의 전쟁'이다.
다 같은 풀에 '잡'을 붙여서 늘 미안하지만 어쩔 수 없다.

다시 위에 있는 집의 텃밭으로 올라와서
그동안 미루었던 나무들 손질을 한다.
오늘 과제는 뽕나무, 꾸지뽕나무, 마가목 가지치기다.
너무 웃자라서 다니는 데 불편을 주거나
폭우에 처진 가지들을 잘라주는 작업이다.
잘라낸 가지와 그에 붙은 잎 하나도 버리는 것은 없다.
뽕잎과 꾸지뽕잎은
볕과 그늘을 오가며 말리고 잘게 바수어 갈무리했다가
밥 지을 때 넣거나 차로 다린다.
뽕나무, 꾸지뽕나무, 마가목 가지들도
손가락 크기로 잘라서 말린 다음 쟁여두었다가
내 특산의 '건강 차' 달이는 데 쓴다.
나의 건강 차에는 여러 종류의 버섯, 나뭇가지, 뿌리, 말린 열매가
들어간다.
꾸지뽕나무 줄기에는 날카로운 가시가 있어서
손질할 때 여간 조심하지 않으면 안 된다.

해가 기울어가니
서둘러 널어둔 빨래 걷어서 개고
널어놓은 채반들 거두어들이고
텃밭 연장들 손질해서 정리하면
오늘 일과가 거의 끝난다.

하지만 실내에 들어와서 해야 할 일이 남아 있기는 하다.

낮에 수확한 채소 등속을
서울 살림에 쓸 것, 장모님에게 드릴 것, 모란골 집에 저장할 것으로
나누어놓아야 한다.
낮에 틈틈이 달여두었던 건강 차 또한
거름 깔때기로 페트병에 담아서 세 몫으로 나눈다.

계절에 따라서, 날씨에 따라서, 식물의 생장에 따라서
매일 해야 하는 일은 조금씩 다르지만
오늘 하루의 일과보다 '쉴 틈'이 더 있는 날은 드물다.
대수롭지 않은 텃밭의 농사지만 늘 바쁘다.
바빠서 싫거나 힘드냐고?
절대 그렇지 않다.
너무너무 좋다.
텃밭 일하는 시간은 관찰하는 시간이며 사색하는 시간이다.
온몸이 살아 있는 시간이다.

벌과 모기

농사 도구 모아둔 바람벽 구석에서
오이와 토마토 지지대 묶음을 꺼내는데
갑작스레 벌떼가 달려들더니
급기야 피신하는 나의 손등을 한 녀석이 벼락같이 쏘고 달아났다.
겨우내 바람에 쌓인 낙엽 더미에 벌집이 있었던 게다.
침의 해독 작용을 익히 알고 의지해온 터라
이번에도 쏘인 부분을 열 번도 더 침으로 빨아내며 경과를 지켜
봤다.
다행히 아프지도 부어오르지도 않았다.

아침에 눈을 뜨니
벌 쏘인 자리 옆 손등이 붓고 따갑고 가렵다.
자는 동안 모기가 문 것이다.

내 경험에
벌은 내가 먼저 건드리지 않으면 무는 법이 없다.
무수히 많은 여러 종류의 벌과 더불어 사는 산골 생활이지만
작년에 잡초 제거하다가 나도 모르게 둔덕의 땅벌 집을 건드려서
두어 군데 쏘인 적 말고는 쏘인 적이 없다.

그와 달리 모기는
아무 짓도 안 하는 나를 시도 때도 없이 물어서
산골 생활을 힘들게 한다.

벌겋게 부은 모기 물린 손등을 바라보다가
메를로-퐁티의 '현상학적 신체'를 떠올린다.
우리의 신체는 객관적 대상이 아니어서
신체 부분 부분이 물리적 '위치'나 '좌표'일 수 없다.
벌에 쏘인 자리
모기가 문 자리
그 각각, 그리고 그 서로의 느낌과 의미는
내 온몸과 온 마음의 것이다.

꽃의 수분授粉을 돕고 꿀을 주는 벌과 달리
백해무익한 요놈의 모기!! 에구
오늘 아침의 통증은 나를
객관적 생물학이 아닌
주관의 신체 현상학으로 내쳐 몰아가고 있다.

관찰의 힘

칩체이스J. Chipchase와 스타인할트S. Steinhardt가 쓴 책《Hidden in
Plain Sight》
그 번역본《관찰의 힘: 평범한 일상 속에서 미래를 보다》

평범한 일상 혹은 생활세계에는
무수히 많은 존재가 현상으로 드러나 있거나
현상 이면에 잠재해 있다.

그 현상과 현상 이면을 두루 깊이 꿰뚫어 보고 살피는 일이
관찰觀察, observation이다.

모든 지식과 지혜는 관찰에서 나온다.
모든 과학적 발견과 설명도 관찰에서 비롯된다.
모든 문학적, 예술적 창작 또한 관찰 속에서 이루어진다.

공부를 잘하고 지혜로운 삶을 살기 위해서
시를 잘 짓고 소설을 잘 쓰기 위해서
연구를 잘하기 위해서
관찰력이 필요하다.

백성들의 삶을 깊이 살피고 보살피고자 한
조선 시대 벼슬살이의 이름이 관찰사觀察使였다.

인류학의 오랜 전통을 물려받은
질적 연구의 주요 태도와 기법 가운데 하나가
참여관찰participant observation이다.

여기서 '참여'는 연구하고자 하는 세계의 일부가 되어 함께 삶을
말한다.
이 '더불어 함께 살면서 봄'은 혹시
질적 연구가 지향하는 '있는 그대로 봄'과 상반되는 것이 아닌가?
아니다.
있는 그대로 보기 위해서 연구자가 해야 할 우선 과제가
함께 있는 일being with이다.

채소를 그 본성에 따라 잘 기르기 위해서는
채소와 함께 오래 있어야 한다.
아이를 최선의 가능태로 잘 돌보기 위해서는
아이의 눈을 가질 때까지 아이와 함께 동고동락해야 한다.

눈에 대하여

눈은 그 모양을 따라 그린 '목目'이다.
눈에 귀를 더한 '이목耳目'은 보고 들음이며
사람의 눈과 귀로서 서로 다른 관심이나 주목을 뜻한다.

우리는 두 개의 눈을 가지고 있다.
그러나 옛날부터 많은 문화에서 제3의 눈 '두목頭目'을 상정하였다.
두목은 양 눈썹 사이 이마 가운데 움푹 들어간 곳에 있는 가상의
눈이다.
동양 의학에서 '인당印堂'이라고 칭하는 혈穴 자리에 있는 기운의
눈이다.
인당은 곤지를 찍는 자리이며
우리가 눈을 감았을 때 상이 맺히는 자리 'brain screen'이기도
하다.

세계 여러 곳의 박물관을 다니다 보면
두목을 가진 가면들을 많이 볼 수 있다.

눈의 테두리와 그에 머무는 눈을 '안眼'이라 한다.
안은 눈 '목目'과 머물 '간艮'의 합성어이다.
안목眼目은 눈의 거듭 머무름으로써

우리 육안肉眼 너머 심안心眼을 언급한다.

혜안慧眼은 지혜의 눈이며
두목의 눈이다.
불가에서 그러듯이 분별分別을 내려놓는다는 점에서
혜안은 '질적인 눈'이다.
질적 연구자로서 나는 혜안의 두목을 지향하며 산다.

마음의 실타래

어린 시절 어머니를 도와서
실타래의 실을 실패로 옮기는 작업을 많이 했다.
장에서 사 온 실타래의 많은 실을
용도에 따라서 쓰기 좋게 나누어두는 작업이다.
실타래 사이로 양손을 크게 벌려 계속 돌려야 하는
이 단순한 일에 재미를 주기 위해서인지
어머니는 노래를 불러주거나 옛날이야기를 해주셨다.

실타래는 실을 관리하고 저장하고 유통하는 도구이자 방법이다.

무명실은 목화솜에서 나오고
명주실은 누에고치에서 나오며
삼베 실은 삼 껍질 가닥들을 꼬아 나온다.

내 어린 시절에는 이미
집에서 물레로 실을 잣거나 베틀로 베를 짜는 사람이 드물었다.
그러나 외진 구석에 낡은 물레나 베틀이 있는 시골집은 드물지 않
았다.

실타래는 베틀로 가거나 실패로 가는 실의 정거장이다.

실이 글보다 앞선 삶의 기반이라서인지
문화라는 말의 옛 '문文'은 실이 있는 '문紋'이었다.
문화를 'tapestry' 즉 직물織物에 비유하는 인류학자도 많다.

내 마음은 늘
목화솜, 누에고치, 삼 껍질과 같은 생각의 질료質料들로 어지럽다.
다행히 사색과 사유와 사고의 시간을 갖게 되면
그 질료들이 실로 다듬어지고 실타래로 정리된다.

오늘도 나는
내 마음의 실타래에서
모양새가 다른 실패들에 실을 옮겨 담고
나만의 베를 짠다.
이 존재 일기도 그렇게 짜인 베이다.

세계

우리 인간은 크고 작은
세계에서 태어나
세계에 속해 살다가
세계에서 죽는다.

인간은 세계를 의식하고 구성하며
지향하고 선택하며 사는 유일한 존재자이다.
세계라는 'world'의 어원을 구성하는 'wera'가 사람을 뜻한다.
물론 개미의 세계, 나팔꽃의 세계, 심지어 모래의 세계라는 말을
쓰기도 한다.
그러나 개미나 나팔꽃이나 모래 자신이
자기의 세계를 의식하거나 구성하거나 지향하거나 선택하는 것 같
지는 않다.
우리 인간의 개념화 방식일 뿐….

나를 개인이라 여길 때도 있지만
실상 나는 항상 이미 세계-내-존재이다.
세계는 내 몸과 마음, 내 삶의 잠재적 존재지평이다.

세계-내-존재이면서 나는

세계를 초월하기도 하는 세계-에로-존재이다.
사르트르J. P. Sartre의 말대로 '자유를 선고받은' 나이기에
어떤 세계는 분명히 내가 구성할 수 있고 지향할 수 있고 선택할
수 있다.

세계는 세상, 지구, 범위, 사람, 삶 등의 여러 의미를 지닌다.
온 세상을 말할 때 세계는 전체이며
정계나 교육계를 말할 때는 세계가 삶의 일정한 범위나 영역이다.
그래서 크고 작은 세계라 말하는 것이다.
작은 세계는 어떤 세계이다.

어떤 세계에 태어났더라면, 태어나지 않았더라면
어떤 세계에 속하거나 속하지 않는다면
나는 달리 살 수 있었을 것이고 달리 살 수 있을지 모른다.
나는 달리 죽거나 어떻게 죽지 않을 수도 있을 것이다.

환자의 세계는 정상인의 세계와 다르다.
환자는 정상을 기준으로 한 부재, 결핍, 손상의 사람이다.
그러나
정상이 무엇이며 어떤 사람이 정상인인지는 그리 분명하지 않다.
시대와 문화에 따라서 정상과 비정상이 달라질 수 있기 때문이다.

나는 매일 우리 한국의 교육세계를 염려하며 산다.
나 혼자 어찌할 수 없는 한국의 '정상적인' 교육

그렇지만 어찌해야 더 나은 사람, 더 나은 삶이 가능한 한국의 '교육다운' 교육

　그 사이에서

　한국의 교육학계가 한국의 교육계를 더 낫게 만들 수도 있을까.

고등학교 자퇴생의 필즈상

한국인 또는 한국계라 불리는
프린스턴 대학교의 허준이 교수가
수학계의 노벨상 필즈상Fields Prize을 수상했다.
경사라도 난 듯이 장안이 떠들썩하다.

이 존재 사건은 경사인가, 경사이기만 한가.

한국 학교의 수학 과목에서는 두각을 나타내지 못한 사람
수학 수업을 싫어하고 수학 시험에 실패를 거듭하기도 했던 사람
고등학교를 중퇴하고서야 갈 수 있었던 서울대학교
일본인 필즈상 수상자에게서 수학의 깊은 맛과 멋을 깨닫고
미국 대학원에서 비로소 수학에 두각을 드러낼 수 있었던 사람

재미없는 문제를 남보다 빨리 풀어야 성공하는 등급 다툼 입시수
학과 달리
그가 좋아한 수학은
시와 같이 마음에 경직이 없는 수학
집착에서 벗어나 신나고 재미가 있는 수학
논리와 직관이 어우러져 세상의 신비를 밝혀주는 수학

이 경사 아닌 경사 앞에서 나는
수학다운 수학
수학교육다운 수학교육을 성찰한다.

나의《교육다운 교육》을 다시 펼쳐보며
허준이 교수를 '숭앙'하면서도
허준이 학생들을 더 오래 깊이 염려한다.

서열과 등급

대학입시를 앞둔 자녀를 둔 부모라면 잘 알 것이다.

얼마나 복잡하고 어처구니없는 등급제도가
내 자녀 학업의 과정과 성취를 '단절'하고 있으며
극단의 서열화된 상대평가가
내 자녀의 입학 가능한 대학들을 '절단'하고 있는지

그래서 등급에 대한 분석과
등급제도 못지않게 복잡한 입시전형 제도에 대한 파악이
절대 성취가 좀 낮아도 '좋은 대학'에 진학할 수 있게 하고
절대 성취가 높더라도 '좋은 대학'에 진학할 수 없게 만드는 우화寓
話를 말이다.

우리 사회는 왜 이렇게
교육과 평가 사이의 본말전도本末顚倒
학습 자체와 시험 성적 사이의 선후도착先後倒錯에서
한 치도 헤어나지 못하고 있는가.

우리 사회는 왜 이렇게
흐름과 생동의 미학을 도외시하면서

절단과 편리의 분열증은 직시하지 못하는가.

들뢰즈G. Deleuze와 가타리F. Guattari는 《안티 오이디푸스》에서
흐름의 욕망을 '절단'하는 사회기계들의 폐단을 낱낱이 파헤치고
있다.
정신분석의 신화와 자본주의의 모순 구조가 합세하여
생동하는 실존과 공동체를 어떻게 근원적으로 침탈하는지 철저하
게 해부하고 있다.

사람의 능력에 갈급하면서
사람을 믿지 못하는 평가
잔재주와 참재주를 직관하지 못하는 객관주의와 편의주의의 평가

우리 학교형 사회의 일그러진 능력주의-학벌주의-시험주의가
오늘도 숱한 신화와 모순을 확대재생산하고 있다.

장마를 좋아하는 사람

우리나라 여름은 고온다습하다.
온도가 높은 데다 습도까지 높아서 불편하다.
이집트에 갔을 때
섭씨 40도 이상 고온의 날씨이지만 습도가 낮아
그늘에서는 의외로 쾌적했다.
간간이 부는 바람으로 시원하기까지 했다.

고온다습의 해결책은 그늘과 바람이다.
그늘과 바람 모두 사람의 힘으로 만들 수 있다.

그래도 나는 여름을 좋아하지 않는다.
장마는 더더욱 좋아하지 않는다.
하지만 텃밭 농사를 하기에
여름과 장마가 나쁘기만 한 것이 아님을 안다.
그래서 수행하는 마음으로
두 달만 참자 석 달만 견디자며 지낸다.

그런데
내가 싫어하는 장마를 좋아하는 사람도 있을까….

너무나 싫어서 피하고 싶은 것이 있을 때면
나는 이런 식의 현상학적 질문을 한다.

그늘과 바람을 만들고 파는 사람들
우산, 우의, 장화, 나막신 등속을 만들고 파는 사람들
방습이나 제습을 돕는 물품을 만들고 파는 사람들

저들은 나와 달리 장마를 좋아할까….

구심력과 원심력

휴대폰을 쓰면서
GPS 덕분에 길을 찾으면서
과속을 어김없이 잡아내는 속도계를 원망하면서 나는
보이지도 않는 인공위성의 존재를
자주 떠올린다.

판교와 인제를 뻔질나게 오가야 하는 나에게
인공위성은 고맙기도 밉기도 한 존재이다.

지구의 하나뿐인 자연위성 달과 달리
인공위성은 너무나 많아서
이미 포화 상태를 이루고 있단다.

수학과 물리학에 젬병이었던 나는
원운동의 두 힘인 구심력과 원심력을
수학적으로 계산하는 데 곤란을 겪었다.
그러나
삶과 존재와 세상에 두루 작용하는 힘으로서
중심을 향하는 구심력과
중심을 이탈하는 원심력의

그 오묘한 공존상생에 대해서는
이해를 할 뿐만 아니라 적용해보기를 서슴지 않았다.

모든 힘은
어떤 점을 중심으로 크기와 방향을 가지고 작용한다.

삶과 존재와 세상을 형성하고 변화시키는
무수히 많은 힘들…. 그 가운데서
힘과 힘의 관계들 속에서
내가 존재한다.

내 삶과 존재의 중심들은 무엇이며
그것들에 작용하는 힘들의 크기와 방향은 어떠한가….

태생

오이는 위로 자라고
고구마는 옆으로 자란다.

그래서 나는
오이가 위로 뻗으며 자라도록 지지대를 세워주고
고구마가 옆으로 뻗으며 잘 자라도록 필요한 공간을 마련해준다.

그렇다면 우리 인간은
어떻게 나서 자라고 살다가
어떻게 죽어가는가….

인간은 나서 죽기까지
노동과 작업과 행위로 산다.
아렌트H. Arendt가 말하는 《인간의 조건》이다.

자연을 만지는 노동
인공을 만드는 작업
인간을 만나는 행위
이 셋이 인간의 숙명이며 숙제이다.

모든 유성생식gamogony: sexual reproduction이 그렇듯이
우리 인간의 생명도 씨種와 알卵에서 비롯되지만
인간은 모체의 태胎에서 한껏 자라고 태어난다.
학습을 전제하는 대물림의 '태생胎生'이다.

싹이 '나는' 것과
사람이 '태어나는' 것은 같지 않다.

한자말 '胎'의 순수한 우리말은 '삼'이다.
우리 조상들은 태를 자르는 것을 '삼가르다'라 했고
지나치지 않도록 조심하고 경계하고 절제하는 태도를 '삼가다'라
했다.

아렌트는 노동과 작업의 삶 너머 혹은 아래
행위의 삶이 있어야 한다며 'natality' 즉 새로운 시작의 중요함을 역
설했다.
나는 이를 '탄생'이라 번역하지 않고 '태생'이라 번역한다.
다른 생명체와 다른 인간 특유의 실존적 조건이
삼감胎의 행위이기 때문이다.

태생성은 우리에게
인간으로 어떻게 나서 자라고
어떻게 살다 죽어야 하는지 귀한 교훈을 준다.

이가 없으면 잇몸

잇몸에 탈이 생겨서
오른쪽 아래 어금니를 뽑고는
그 자리가 넉 달째 빈 채로 살고 있다.
진짜 대신에 가짜를 심는 데
돈을 들여서 임플란트를 하는 데
이토록 긴 시간을 기다리며 불편을 감내해야 하는지 몰랐다.

난생처음으로
이가 없으면 잇몸으로 산다는 말을 체감하고 있다.

이가 없으니 잘 살 수는 없고
그럭저럭 버티는 삶을 살아야 한다.
궁여지책窮餘之策의 삶이 시작된 것이다.
있어야 할 것이 없지만
아쉬운 대로 '남은 것'을 찾아서 의지하는 삶이다.

그런데
내 치아 건강의 문제는 실상 이가 아닌 잇몸에서 비롯된 것이다.
잇몸을 잘 관리하지 않아서 생긴 탈이다.
지금 나의 문제를 제대로 살펴보자면

잇몸이 부실하여 이로써 살지 못하게 된 문제이다.

나를 돌보는 치과의사는
잇몸이 부실하면 임플란트를 못 하거나 곤란을 겪는다고 한다.
그래서 절감하고 있다.
잇몸이 없으면 이로써 살지 못한다.

이가 없으면 잇몸이라는 말에는
이는 좋은 것이고
잇몸은 부차적인 것이라는 뉘앙스가 담겨 있다.
하지만 실상은 그렇지 않다.

이와 잇몸 사이에는
무엇이 더 좋거나 더 먼저가 없다.
이와 잇몸은 본래 하나다.
보조의 외속外屬이 아닌 공생의 내속內屬 관계이다.

건강은 건강할 때 지켜야 한다.
이는 이가 있을 때 잘 지켜야 한다.
반드시 잇몸과 더불어 잘 지켜야 한다.

허드렛일

정년퇴임을 하고 연구소를 차린 지 넉 달이 지났다.
실존의 적이 무기력인 줄 잘 알기에
말 그대로 're-tire' 즉 새 타이어로 갈아 끼우고 열심히 달리는 중
이다.

그러나 달라진 것도 많고 불편한 것도 많다.

그 가운데서 가장 불편하고 아쉬운 형편이
모든 일을 내가 해야 한다는 것
허드렛일까지 내가 해야 한다는 것이다.

물론 지금까지도 가정생활이나 사회생활에서
허드렛일을 마다하며 살지는 않았다.

하지만 말하기에 부끄럽지만
대학에 있는 동안 나는 연구하고 수업하는 일만 잘하면 된다고 믿
었고
허드렛일은 누군가의 도움을 받으면 된다고 믿었다.
아니, 실제로 그렇게 살았다.
직원과 조교, 심지어 자기 공부하기에도 바쁜 학생들의 보살핌 덕

분에

연구할 수 있었고 수업할 수 있었다.

특히 내 강의의 수강생을 스스로 모으지 않아도 되었고
그들의 등록을 내가 관리하지 않아도 되었다.

그런데 지금의 연구소에는
이런저런 허드렛일을 돌보거나 도울 사람이 없다.
내가 소장이고 내가 유일한 직원이다.

아, 그동안 나는 얼마나 많은 이들의 도움으로 살아왔던가….

일리치I. Illich는 화폐경제 속에서 돈 안 되는 허드렛일을
그림자 노동이라 하였다.
그림자 노동은 남의 빛을 위하느라 내 빛은 나지 않는 노동이다.
대접은 남이 받고 나는 대접 받지 못하는 노동이다.

자, 이제부터라도 남들의 그림자 노동에 기대지 말고
자급자족하는 노동에 좀 더 친숙해지기로 하자.

식자우환

언제부터인가는 모르겠지만
아주 어린 시절부터 이 말을 듣고 살았던 것 같다.
이 말의 뜻을 '아는 사람이 더 문제다.'라고 알았으니
한자로 '識者憂患'이라 쓰는 줄로 오해한 셈이다.

고등학교 때 대학입시를 준비하면서
사자성어四字成語 공부를 많이 하게 되었는데
그때 이 말의 한자어가 '識字憂患'임을 처음으로 알았다.
그 뜻이 '글자를 아는 것이 근심을 부른다.'임도 그때 알았다.
사전의 풀이를 제대로 따라서 말이다.

이 사자성어의 출처가
유비의 책사였던 '서서'라는 사람이
어머니의 글체로 속여서 속히 돌아오라고 쓴 조조의 간계 편지에
당한 이야기
글자를 익힘이 인생에 그리 중요할까냐고 읊은 소동파의 시로
유명해졌다는 이야기 등에 유래한다는 사실을 안 것은
어른이 되고서도 한참 뒤의 일이다.

그런데 질적 연구를 공부하면서 나는

이 말의 유래가 '앎' 즉 '식識' 또는 '인식認識' 자체를 문제시했던
더 오래전 불교의 가르침에 뿌리를 두고 있음을 알게 되었다.

식자우환의 핵심은 '식識'이라는 글자에 있다.
이 글자는
말을 뜻하는 '言언'과
소리를 뜻하는 '音음'과
베어 가르는 창을 뜻하는 '戈과'로 형성된 글자이다.
무릇 말은 소리를 분별分別하여 생기는 것이다.

말이라는 '문文'은 소리인 '질質'에서 나오는 것이다.
모든 인간의 것 즉 문화는 있는 그대로 자연의 것을 길들인 것이다.

그러니 말에 집착할 일이 아니라
그 본래의 뜻을 중시하고
지금의 앎에 갇힐 것이 아니라
그 본래의 존재와 현상을 중시할 일이다.

이를 일컬으니 가히 '문질빈빈文質彬彬'이다.

산에 있는 것들

내가 사는 강원도의 산벗마을은
산이 좋아서 산에 사는 사람들의 마을이다.
김소월의 〈山有花〉가 아닌 '山有人'의 마을이다.

산에는
이루 다 헤아릴 수 없이 많은 것들이 있다.

이름을 알아야
헤아릴 수 있건만
나는 산에 있는 것들의 이름을 많이 알지 못한다.

산벗마을의 내 이웃에는
풀이름과 꽃이름과 나무이름을 많이 아는 사람이 있다.
버섯이름과 약초이름을 많이 아는 사람이 있다.
벌, 나비, 새, 뱀, 곤충, 민물고기의 이름을 많이 아는 사람이 있다.
바위와 골짜기, 봉우리와 산등성이의 이름을 많이 아는 사람이
있다.
별과 바람과 구름의 이름을 많이 아는 사람도 있다.

나는 이 사람들을 부러워할 때가 많다.

그 이름을 알지 못하는 꽃과 나무, 새와 별에게 미안할 때가 많다.

하지만
산골마을의 내 이웃은 물론이고
도시의 사람들 중에는
산에 있는 것들의 이름을 나보다 더 모르는 사람도 많다.

산에는
나와 너, 우리가 이름을 모르는 것들과
이름이 없는 것들이 더 많을지 모른다.

그래서 나는 생각한다.
산에 있는 것들의 이름을 꼭 많이 알아야 하는 것은 아니라고….

그리고 산에는
이루 다 헤아릴 수 없이 많은 것들이 없다고….

늦잠

두 식구 모두 늦잠을 잤다.

허겁지겁 아내의 출근을 돕고
아침 끼니를 거른 채 연구소에 나와서
이 글을 쓰고 있다.

잠에 '늦'이 붙는 데는
잠 아닌 것, 즉 깨어나 있는 것과의 대비
특히 정상적이고 일상적인 잠과 깨어남 사이
시간성의 가치판단이 전제되어 있다.

레비나스E. Levinas는
잠의 의미를 처절하게 분석한 현상학자이다.
'처절하게'라고 한 까닭은
자신을 제외한 모든 가족이 학살당한 가운데 그가
나치 유태인 수용소에서 3년 가까운 세월을
삶과 죽음의 경계를 넘나들며 불면의 밤을 지새웠기 때문이다.

레비나스에게
잠은 '죽음의 길이와 깊이'였고

깨어남은 '살아 있다는 자각'이었다.

잠의 밤이 어찌할 수 없는 암흑의 존재라면
깨어남의 아침은 그나마 어찌해볼 수 있는 존재자로의 이행이었다.

레비나스가 처했던 그 절박함이 없는
일상과 정상의 우리에게는
밤과 잠
아침과 깨어남
존재와 존재자 '사이'의 의미가 없다.

근원적이고 본질적인 '있고 없음의 존재물음' 앞에서
가끔의 늦잠은 아무런 문제가 아니다.

홍수

탄천의 물이 엄청나게 불어났다.
가히 큰물 넘치는 물 '홍수洪水'라 할 수 있다.

곳곳이 무너지고 휩쓸리고 쓰레기로 덮인
탄천 산책길을 걸으며
새삼 물의 힘을 보고 듣고 느낀다.

긴 가뭄 끝에 기가 죽을 대로 죽었던
두 달 전의 탄천 물이 아니다.

노자는 《도덕경》에서 '상선약수上善若水'를 말한다.
지고至高의 선善은 물과 같다는 것이다.
도대체 물이 무엇이길래, 어떠하길래
내 체험 속 이런저런 물의 모습들을 떠올려본다.

먹는 물, 씻는 물, 찬물, 더운물, 밭에 주는 물, 아름다운 풍경의 물
다 착해 보이는 물이다.
하지만 무서운 물, 썩은 물, 핏물, 똥물, 고문할 때 썼던 물
그 물들도 선한가….

물은 물이되 항상 같은 물이 아니다.
《도덕경》 머리글의 "名可名 非常名"이다.

그렇다면
물을 물답게 만드는 본질은 무엇이며
무수히 다른 물의 변양變樣들은 또 무엇인가….

새삼 현상학의 '자유변경을 통한 본질직관'을 사유한다.
왜 노아의 홍수이며 방주方舟였는지 오래 문답한다.

것

글을 쓰다 보면
내가 '것'이라는 낱말을 참 많이 쓴다는 것을 발견하게 된다.

그 자리에 점, 면, 사실 등을 넣어본다.
많이 쓴다는 점
많이 쓰는 면
많이 쓴다는 사실… 처럼 말이다.
그래도 되지만, 딱 들어맞는 것 같지는 않다.

것은 나에게 참 편리한 낱말이다.
애매모호해서 좋고
강하거나 모질지 않아서 좋고
정면승부가 아니라서 좋다.

것은 이름을 대신한다.
것은 특정한 무엇을 지시하거나 지칭하지 않는다.

그 밖에도 것은 참으로 많은 쓰임새를 가지고 있다.

젊은 것… 비하

우리 모두의 것… 소유물
고작 생각한다는 것… 수준
하고야 말 것… 다짐
비가 올 것… 예상
준비할 것… 끝맺음

글을 쓰면서 앞으로도
나는 '것'을 참 많이 쓰게 될 것 같다.

고장

스마트폰과 텔레비전 연결 시스템에 고장이 났다.
2시간 가까이 애를 썼으나 결국 바로잡지 못하고 포기했다.
낭비한 시간이 아까워서 속이 상한다.

어린 시절에 보았던 창극이나 악극 말고
대학생이 되어 극장에서 처음 본 연극이 〈고장〉이다.
너무 오래전 일이라
제목만 기억할 뿐 줄거리조차 생각이 나지 않는다.
그렇지만
인간이 만든 것은 무엇이든 언젠가 고장이 나게 되어 있다는 깨달음
언제 어디서 무엇이 어떻게 고장 날지 모른다는 불안
그런 어떤 느낌이 강렬했던 연극이었다.

고장故障: 사고나 장애로 생기는 탈

고장은 왜 나서
나를 불편하게 만드는 것일까….

고장이 나는 것은 어찌할 수 없다.
고장을 내지 않도록 부주의와 오남용을 경계할 따름이다.

고장 속에 살 수밖에 없다면
고장을 좀 더 여유 있게 받아들여야 할 따름이다.

전통

오늘은 은사이신 소정素亭 김영찬 선생님이 돌아가신 날이다.
폭우나 출장으로 피치 못할 경우를 제외하고는 해마다
마석에 있는 선생님 묘소로 참배를 간다.
선생님의 가르침을 받은 제자들과
선생님을 직접 뵌 적이 없지만 나의 선생님을 기념하는 '제자의 제자'들이
조촐하게 모여서 기념의 자리를 갖는다.

묘소는 일종의 기념관이다.
미국 워싱턴에 있는 링컨 기념관이나
중국 곡부에 있는 공자 기념관 대성전 같은 곳이다.

내가 매년 선생님의 기념관을 찾는 까닭은
개인적인 추억 못지않게
공부하는 사람으로서 의지하고 있는 공동체의 전통 때문이다.
나에게 그 공부는 교육인류학과 질적 연구이다.

전통傳統은 글자의 뜻대로 '통을 이어감'이다.
생물학적인 혈통血統
집안의 가통家統

불가 또는 나라의 법통法統
우리에게는 이어가는 것들이 많다.

그런데
공부하는 옛 선인들이 중시했던 학문공동체의 문통文統은
오늘날 현저히 경시되거나 도외시되고 있다.

법통의 기념관이 종묘宗廟이듯이
문통의 기념관은 문묘文廟이다.
선생님의 묘소는 나에게 내 문통의 기념관이다.

눈앞에 현전現前하거나 현존現存하지 않더라도
선생님과 나는 더불어 실존實存할 수 있다.
초월적 구성과 지향의 실존에서 부재不在는 존재의 한 양상이다.

선생님의 묘소에서 오늘 나는
정통正統 즉 '이어감의 올바름'을 숙고하고 다짐하며
참배의 옷깃을 여밀 것이다.

있다

너무나 흔히 늘 쓰는 말이다.
무수히 많은 형용을 동반하는 말이다.
살아 있다, 자고 있다, 먹고 있다, 보고 있다, 죽어가고 있다.
잘 있다, 못 있다, 혼자 있다, 함께 있다.
내가 있다, 네가 있다, 우리가 있다.

인간은 항상 이미 있다.
있음의 방식이나 양태가 다를 뿐….

사전 속의 '있다'에는 참 많은 의미와 용법이 있다.
존재: 세상에 있는 모든 것
차지: 강가에 있는 정자
머묾: 자네는 여기 있게나
생존: 형님이 두 분 있지
갖춤: 능력이 있음
발생: 어떠한 난관이 있더라도
경과: 1년만 있어 보게
다님: 10년째 시청에 있음
향함: 나에게 있어서
가능: 할 수만 있다면

상태: 희망이 있음
이 모두가 기본적으로 '없다'의 맞항을 이룬다.

자신이 처한 지금-여기의 어떠한 있음에 대해서
몹시 힘들어하는 사람과 점심을 같이 먹었다.
그분은 있는 것에 대해서보다
없는 것에 대해서 더 많이 이야기했다.

그분이 떠나고 혼자 있으면서
나는 있음과 없음을 깊이 성찰하고 있다.

나는 언제 어디서 누구와 어떻게 왜 있는가.
나는 언제 어디서 무엇과 어떻게 왜 있는가.
이 문답들이 곧 나의 삶이며
내 삶의 질을 좌우한다.

나에게 길들여진 문답을 내려놓고
있음과 없음에 대한 근본적이며 해체적인 문질빈빈을 하노라면
일상의 많은 잡사雜事와 번사煩事에서
잠시 떠날 수 있다.

검색의 시대

검색이라는 말은 나에게
부정적인 의미였다.
무엇인가 뒤져서 탈을 일으키는 일이었다.

그런데
물질이 정보로, 아날로그가 디지털로 탈바꿈하는
정보혁명 시대에 접어들면서
검색이라는 말에 대한 나의 오랜 태도를 바꿀 수밖에 없게 되었다.
사람들의 입에 워낙 자주 오르내리는 말이 된 데다가
부정적인 뉘앙스가 퇴색한 것 같기 때문이다.

요즘 쓰이는 검색이라는 말은
이전에 내가 '모색摸索'이나 '탐색探索'이라고 했던 의미의 말들을
대체한 것인듯싶기도 하다.

하지만 정보를 대상으로 하는 검색이
 살아 있는 삶 자체 또는 그에 관한 이야기를 대상으로 하는 모색과
탐색을
 대체할 수 있을까….

정보의 영어 'information'은
존재 그 자체가 아니라
존재를 존재자로 가공하는 과정과 그 소산을 전제하는 말이다.
우리 삶과 세상의 무엇을
어떤 '틀form'에 '담아서in' 제공하는 것이 정보이다.

정보는 표현表現, presentation이 아닌 재현再現, representation이다.
살아 움직이는 사람, 사물, 사태 자체가 아니라
생산, 처리, 보존, 교환, 유통, 재생산, 축약, 변형 등이 가능하도록
가공된 무엇이다.

질적 연구는
재현의 위기the crisis of representation를 핵심 화두로 삼는다.
그래서 디지털 정보가 아닌
아날로그 삶 자체와 그에 관한 생생한 이야기를 더 주목하고 더 중
시한다.

따라서

글을 쓸 때 나는
접속부사의 적절함에 늘 신경을 쓴다.

그리고, 그러나, 그러고, 그러니, 그러면, 그러므로
그러다가, 그런데, 그러자, 그렇지만, 그래도, 그래서

이 모두 문장과 문장, 문단과 문단의 사이
관계와 접속을 도와주는 우리말의 귀한 도구들이다.

우리말의 접속부사는 대다수가 'ㄱ'으로 시작하며
특히 '그'로 시작하는 것들이 많다.
더구나, 더군다나, 더욱이, 어쨌든, 하물며, 하지만, 하여튼, 하니까
등의
예외가 있을 뿐이다.
따라서도 'ㄸ'으로 시작하는 매우 드문 경우이다.

위의 '그'로 시작하는 부사들에는 공히
행위성을 담고 있는 '함'이 생략되어 있다.
그리하고, 그러하나, 그러하고, 그러하니, 그러하면, 그러하므로…
식이다.

따라서는 '따르다'의 부사태로 쓰이기도 하지만
접속부사로서는 '그러므로'와 비슷한 의미로 쓰인다.
강하게는… 앞의 것 때문에 뒤의 것이 생기는 인과因果
약하게는… 앞의 것에 이어서 뒤의 것이 생기는 수반隨伴
을 의미하는 데 주로 쓰인다.

나는
하나의 어떤 일이 다른 어떤 일로 뒤를 잇는
각양각색의 숱한 관계들을
접속부사에 기대어서
말하고 글을 쓸 때 묘미를 느끼고 즐긴다.

우리네 말살이와 글살이에는
이토록 고마운 도구들이 참 많다.

존재와 소유

존재는 소유할 수 없고
소유는 존재하지 않는다.

본래 인간의 것이 아닌 존재를 소유하기 위해서
존재 자체인 있는 그대로의 사람, 사물, 사태를 소유하기 위해서
먼저 존재를 인간의 것인 존재자存在者로 만든다.

무리 지어 이름을 짓고
통째인 것을 쪼개어 나누며
낱낱에 값을 매기고
사람에 따라서 쓸 수 있음과 쓸 수 없음을 가른다.
사람에 따라서 부릴 수 있음과 부릴 수 없음을 가른다.

좁게는 사유私有로
넓게는 공유公有 또는 共有로
사용을 제한함으로써 소유는
사람, 사물, 사태를 존재 자체로부터 점점 더 멀어지게 만든다.

사용은 부림使과 씀用이다.
존재는 사용의 분별로써 소유가 된다.

하지만 존재 그 자체는 결코 소유할 수 없다.
나는 내 아내와 딸을 소유할 수 없고
하늘과 땅을 소유할 수 없으며
우리의 역사와 미래를 소유할 수 없다.

소유는 존재하지 않는다.

본래 소유일 수 없는 존재를
사용으로 대하거나 나누지 않고
사랑으로 함께 두루 깊이 품어 대하는 것이
존재를 존재답게 대하는 길이다.

최악의 소유는
사용하지도 않으면서 소유하는
소유를 위한 소유이다.

해방emancipation은
소유mancipare에서 벗어나e 존재로 이르는 길이다.
그러나
무소유는 소극적인 존재론이다.
인간은 사용에서 한 치도 벗어날 수 없기 때문이다.

그래서 사랑이 더 적극적인 존재론이다.
사용을 하되 사랑으로 하자는 것이다.

사랑이 없는 사용은 공허하거나 위험하다.

내 딸을 잠시라도 부리거나 써야 한다면
사랑인지 먼저 물어야 한다.
독도가 진정 우리 땅이라면 그 섬을 사랑해야 한다.
중국의 동북공정東北工程에 휘둘리지 않기 위해서도
우리는 우리의 역사를 올바르게 알고 사랑해야 한다.

사랑은
소유의 위험과 폐단을 털고
존재로 존재로 나아가는 유일한 길이다.

지금-여기

나는 지금-여기 있다.
나는 지금-여기 살고 있다.
나는 지금-여기 생각하며 살고 있다.

지금-여기는 정말 귀한
사유이며 삶이며 존재이다.

지금-여기는 시간에 대한 자각이다.
현상학의 시간 의식이다.
후설, 하이데거, 메를로-퐁티, 사르트르, 레비나스
현상학자들 모두가
존재와 시간을
깊이 관찰하고 성찰하고 통찰했다.

흔히 '현재現在'라고 표현하는 지금-여기는
흔히 과거와 미래와 함께
직선으로 의식된다.
흘러가면 다시 돌아오지 않는 과거
아직 다가오지 않은 미래
그 가운데 놓인 하나의 점으로서 현재

그러나 실상 지금-여기는
돌아봄retention과 내다봄protention의 응축인
지향intention의 봄이다.

지금-여기는
나와 너, 그리고 우리의
의식, 의지, 의도, 의미의 실존적 지각이다.

지금-여기는
결코 곧은 선이나 줄로 표현할 수 없는
신비의 흐름이다.

지금-여기는
점으로서 시각時刻이 아닌
면으로서 시간時間도 아닌
이루 다 헤아릴 수 없는 두께와 부피와 깊이를 가진 시중時中이다.
달리 말해 주역周易이다.

지금-여기는
어디에도 없다.
머무름이 아니기 때문이다.
그래서 우리는
영어 'now-here'를 'no-where'로 띄어 읽을 수도 있다.

지금-여기는

공空이며 허虛이다.

텅 비어 있기에 가득 차 있는

우리 인간 대자對自, *pour soi*의 '무無'이다.

땅을 밟는 느낌

고마운 것이 참 많다.
마음가짐에 따라서 세상 모든 것이 고맙다.

나는 땅을 밟고 걸을 때마다
고맙다 고맙다고 한다.
그 느낌이 너무나 좋기 때문이다.

내 발과 다리, 아니 내 몸 어디 한 군데라도 많이 아프면
나는 땅을 밟고 걸을 수 없다.
내게 신발이 없으면
땅을 밟고 오래 걸을 수 없다.

하지만
아프지도 않고 신발이 있어도
땅이 걷기에 좋지 않으면
잘 걸을 수 없다.

빗길이나 눈길의 미끄러운 땅
늪과 사막의 푹푹 빠지는 땅
돌밭이나 깊은 풀숲의 땅

이런 땅에서는 잘 걸을 수 없다.

많은 땅들이 아스팔트 콘크리트 옷을 입어
부드럽지 않고
무뚝뚝하다.
그런 땅에는 말을 걸기가 어렵다.

나는 고마운 땅에 말을 걸면서
걷기를 좋아한다.

개망초

집에서 연구소로 가는 길
길게 이어지는 풀밭 가득가득
개망초 꽃들이 흐드러지게 피었다.

아, 이 초록 속의 하얀 잔치를 어떤 말로 글로 담을 수 있을까….

소설가 이효석은 《메밀꽃 필 무렵》에서
　　　산허리는 온통 메밀밭이어서
　　　피기 시작한 꽃이 소금을 뿌린 듯이
　　　흐붓한 달빛에 숨이 막힐 지경이다.
라고 멋지게 묘사를 했건만
안타깝게도 나에게는 그런 필력이 없다.

그래서 차라리
부벽루에 올라 대동강의 아름다움을 노래하다
　　　長城一面溶溶水
　　　大野東頭點點山
두 구절을 쓰고는 뒤를 잇지 못해 울고 내려왔다는
고려 시대의 문인 김황원을 떠올리게 된다.

찌는 더위에
때아닌 꼬마 눈송이들이
풀섶 초록의 줄기로 줄기로
쏟아져 내리다가
땅 동무의 '얼음 땡--!' 소리에 화들짝 놀라
하얗게 멈추어버린 정지 사진

벅찬 가슴 달래며
작은 마음으로 걷고 있는데

저 멀리서
환경정비반 인부 4명이 일렬횡대로 서서
장비를 웅웅거리며
한 발 한 발 진군하고 있지 않은가….

이런, 애재哀哉…!!!
잡초라는 이름의 분류로
눈부시게 하얀 개망초 꽃밭이 허망허망하게 스러지겠구나.

외로움

외로움은
이름이 없다.
더 정확히 말하자면 품목이 없다.

외로움에는
주소가 없고
발신자가 없다.
오로지 수신자인 내가 있을 뿐

요금은 착불着拂
어쨌든 내가 물어야 한다.

반송 불가
수취 거부 불가

외로움이 배달되지 않는 데로
도망갈 수 있지만….

그런 데에도 그런대로의 외로움이 있어
어차피 떠났던 데로 되돌아오기 마련이다.

외로움은
없을 수 없다.
없앨 수도 없다.

외로움 자체가
본래 있고 없음이 아니라서다.

가락

소리의 길이와 높낮이의 어울림을 뜻하는
순수한 우리말이다.
그 어울림으로써
일의 능률이 오르고 공존공생의 분위기가 좋아짐을 뜻하기도 한다.

이 뜻을 뒷받침하는 한자어 둘이 떠오른다.
'공조共調'와 '공조公助'이다.
앞의 공조는 더불어 가락을 맞춤을 뜻하며
뒤의 공조는 사사로움을 떠나 서로 도움을 뜻한다.
둘 다 참으로 좋은 말이며
행복한 더불어살이에 꼭 필요한 말이다.

가락에 어울리는 영어 낱말을 찾자면
'convergence'가 아닐까 싶다.
초점을 향해서 함께con 움직임verge을 뜻하는 낱말이므로….

십여 년 합창단 활동을 한 적이 있다.
가락의 어울림에 소름이 끼쳤고
함께라는 뿌듯함과 그 힘에 가슴 벅찼다.
사사로움을 접어야만 아름다움을 향해서 더불어 움직일 수 있음을 배웠다.

나는 우리나라 정치의 후진성에 치를 떠는 사람이다.
다른 많은 부문의 삶에서
우리나라의 가락을 느끼고 그 힘을 느끼다가도
혼탁한 정치를 대하면 온몸과 온 마음에서 힘이 빠진다.
우리 정치에서도 분쟁紛爭이 아닌 가락이 살아날 수 있기를
염원하고 기도한다.

마음은 존재의 집이다

존재는
무변광대無邊廣大하여 이루 다 헤아릴 수 없고
부단히 역동하여 본래의 이름이 없으며
일정한 의식과 무의식으로 항상 같이 나타남이 없다.

다행히 내 마음이 있어
존재가 잠시 또는 길게 머물며
세상의 삼라만상을 느끼게 하고 지향하게 하고
그 있음과 없음
그 어떠함과 그렇지 아니함을
삶 속에서 묻게 하고 답하게 한다.

그러나 또한
불행히 내 마음이 있어
존재를 '있는 그대로'가 아닌
내 것과 네 것, 인간의 것과 세상의 것으로
묶고 엮고 헐고 깨뜨리고
가두고 길들이고 망각하고 은폐한다.

마음이 존재의 집이지만

마음 또한 존재이니
존재는 실상 집이 없다.

집이 있다 하더라도
인간의 집, 세상의 집과 달라서
내 마음으로 알 수 없다.

존재가 잠시 또는 길게 머무는
내 마음조차도
내 것이 아니라 우리 것이요
세계의 것이며
크고 작은 존재지평의 집이다.

살아 있는 것은 다 흔들린다

마음이 흔들린다.
흔들리니 불안하고 불편하다.
무엇 때문에 왜 흔들리는지조차 모를 때에는
괴롭고 아프다.

편안하고 싶은데….
멋있고 싶은데….

흔들리지 않으려고 해도
나를 흔드는 것들이 너무 많다.
세상
너
이름 모를 무엇들까지….

나 아닌 누구와 무엇이
나를 흔드는 것이 아니라
쉽게 흔들리는 내가
나 자신을 부질없이 흔드는 것이라 여기기도 하지만

흔들림은 흔들림이다.

죽으면 흔들림이 없어져
흔들림을 견디다 못한 사람들이
차라리 죽음을 선택하기도 하는 걸까….

무릇 살아 있는 것은 다 흔들린다.
틀림없다.

흔들림이 살아 있음의 표지이니
흔들리자
흔들리기로 하자.

비록 불안하고 불편하더라도
괴롭고 아프더라도….

높이 나는 새가 멀리 본다

새로 교감이 되시는 선생님들을
연수 모임에서 이틀 동안 만나고 있다.

흔히 '승진昇進'이라 표현하는
그분들의 성취에 축하를 보내면서
높이 오르는 '승昇'과
앞으로 나아가는 '진進'의 의미를 새삼 곱씹어본다.

《장자》의 〈소요유逍遙遊〉에
높이 오르는 큰 새 '붕鵬'의 이야기가 나온다.
그 이야기는 우리 속담에서
뱁새와 황새의 대비로 등장하기도 한다.

나는 승진을
높이 올라 한껏 나아가는 큰 새 '됨'의 기회라 여긴다.

니체는 이상적 인간상을 '위버멘쉬Übermensch'에서 찾고 있다.
독일어 부사 'über'는 영어 'over'에 해당하며
'Mensch'는 영어 'men'에 해당한다.
그래서 위버멘쉬는

더 높고 더 넓고 더 깊게 세상을 관찰하고 성찰하고 통찰하는
초월적인 사람이다.

나는 내 책《교육다운 교육》에서
우리 교육이 지향해야 할 '더 나은 인간'의 모습을
이러한 위버멘쉬에 비유하여 설명하기도 했다.

새로 교감이 되시는 선생님들이
교감이 되고자 했으나 되지 못한 선생님들의 몫까지
더 전문적인 권위와 책임으로써
한껏 높이 오르고 한껏 앞으로 나아가
우리 '교육다운 교육'의 초석을 이루시면 참 좋겠다.

청계천의 밤

가난을 개의치 않는 색소폰 연주 사이로
물소리 맑게 흐르고
풀벌레들 한껏 울어대는
여름밤 청계천에서
삼삼오오 낯익은 '우리' 얼굴들과
여러 피부의 낯선 '저들'이
어우러져 오가며 유유한 가운데
나와 아내와 딸이 있었다.

우리는
이런 시간에
이런 장소에서
이런 관계를 누린다
함께 살아 있음에 감사하며….

척박한 땅에서
각박한 삶을 살아내느라
너무나 긴 세월을 다투었던 우리가
이제
아무리 늦은 시간에도

어려워하지 않고 두려워하지 않고
서울 한가운데서 쉴 수 있게 되었구나

이렇게 살 수 있음에 감사한다.

여름밤 청계천이 너무 좋아서
가을밤 청계천에도 꼭 다시 오기로 했다.

책에 눈이 있다

책을 읽을 때마다
그 속에 있는 눈들을 본다.
어떤 사태를 잘 볼 수 있는 눈이 없거나 미약할 때
책을 찾고 그 눈들의 도움을 구한다.

이 눈은 안경을 걸치는 '살'의 눈이 아니라
세계에 거주하면서 세계를 지향하는 '몸'의 눈이다.
항상적homogeneous이거나 단순한simple 기계적 감각이 아니라
무수히 다르고heterogeneous 복잡하게 얽힌complicated
현상학적 지각의 눈이다.

프랑스어 낱말 'sens'은
방향과 의미를 아우르는 감각을 뜻한다.
그래서 메를로-퐁티에게
초월적이고 구성적이고 지향적인 의미화로서
감각이 아닌 지각을 담아내는 중의重意의 낱말이다.

우리 지각의 눈은
주어지는 감각 자료를 초월하여 의미화를 하고
때와 곳, 관계와 맥락에 따라서 달리 의미를 구성하고

돌아봄과 내다봄이 살아 있는 '지금-여기'의 지향으로 의미화를
한다.

책에는 눈이 있다.
눈 말고도 다른 많은 것들이 책에 있다.
기쁨과 슬픔, 돈과 권력이 있다.

책에도 눈이 있다.
책 말고도 다른 많은 것들에 눈이 있다.
소설, 영화, 미술, 드라마, 유튜브 등에도 눈이 있다.

어떤 책에도 그 나름의 눈들이 있다.
책을 쓴 이마다
몸이 다르고
처지와 입장, 상황과 판단이 다르기 때문이다.

책 속의 눈에는
맑은 눈과 어지러운 눈
깊은 눈과 얄팍한 눈
넓은 눈과 좁은 눈
멀리 내다보는 눈과 코앞의 눈
이른바 수준과 품격이 다른 눈들이 있다.

그래서 나는

책을 고르고 가려서 읽으려 한다.
지금-여기의 내 눈과 책의 서로 다른 눈들을
비교하여 살피며 읽으려 한다.

몸값

축구선수 손흥민을 좋아하다 보니
유럽의 축구 리그들과 그 속의 여러 경쟁을 알게 되고
구단이 선수를 사고파는 이적시장을 알게 되고
선수들의 몸값 이야기를 접하게 된다.

몸값: 화폐화된 몸의 가치

인간은 자연自然을 있는 그대로 두지 않고
숱한 방식과 방법, 기능과 의미로 문화文化한다.
인간적 생명으로 생존하기 위해서
사회적 인간으로 실존하기 위해서다.

그 생존과 실존은
문화마다 사람마다 제각기 서로 달리 정의된 것들이다.

나의 몸, 너의 몸, 우리의 몸들에는
숱한 이름이 붙여지고
다양한 '화化'가 덧붙여진다.
들뢰즈G. Deleuze와 가타리F. Guattari는 그것을 통칭하여
'코드code화'라 했다.

몸의 사회화
몸의 도구화
몸의 사물화
몸의 부르주아화
몸의 프롤레타리아화

몸의 화폐화도 그 가운데 하나이며
그래서 몸값이 등장한다.

그러나
그 어떤 '화化'가 작용하기 이전의 몸이 있으니
메를로-퐁티M. Merleau-Ponty가 말하는 '고유한 신체'이다.
이 몸은 '원점zero point'의 몸이며
천상천하유아독존天上天下唯我獨尊의 몸이다.

몸값이 난무하는 자본주의 사회에서
온갖 코드화로 '참나眞我'를 잃기 마련인 세상에서
질적 태도의 탈코드화가
정말 절실하게 필요하지 않은가….

새로운 하루하루

'하루'라는 말을 나는 좋아하고
'하루하루'라는 말에 숙연해지며
'하루하루 새로워짐日新又日新'을 일종의 좌우명으로 삼고 산다.

내일을 앞당겨 살 수 없고
어제에 얽매여 사는 것이 바람직하지 않으므로
오늘 하루가 내 실존의 중심일 수밖에 없다.

어제와 다른 오늘
오늘과 달라질 내일
조바심 내지 않고 과도한 의욕 없이
미련스러워 보일 만큼
묵묵히 꿋꿋이 반짝반짝 뽀송뽀송
하루하루를 새롭게 살기

물론 새로움 모두가 '더 나음'은 아닐 것이다.
그렇지만
새로움이 '더 나음'의 전제임에는 틀림이 없다.

교육: 더 나은 인간 형성의 존재론적 지향

교육은 한 사람 한 사람이
더 나은 사람이 되는 과정이며 그 지향이다.
그리고 사람이 삶이요
삶이 세계에서 이루어지니
교육은 '사람의 나아짐'을 통한 '세상의 나아짐'일 것이다.

무덥고 습한 날씨에
기운이 빠지고 기력이 떨어지지만
묵묵히 꿋꿋이 반짝반짝 뽀송뽀송 산뜻하게
하루하루를 새롭기 살기….
우리 모두 홧팅!!

힘 빼기

날씨를 비롯하여 특별한 사정이 없는 경우
매일 2시간 정도 운동을 한다.
요즘은 주로 탄천에서 자전거를 타거나 조금 빨리 걷기를 한다.
자전거길은 주의해야 할 점들이 적지 않아
그보다 자유로운 걷기를 더 좋아하는 편이다.

강원도 집에서 줄곧 텃밭 농사를 해온 까닭인지
허리와 엉덩이 쪽에 결리는 부분이 있고
걷기를 시작할 때 몸과 마음에 머뭇거림이 없지 않다.

그러나
30분에서 1시간 정도
온몸과 마음에 힘을 빼고 걷다 보면
조금씩 차차
몸에서 마음이 사라지고
마음에서 몸이 사라지는 체험을 한다.

무념무상無念無想
마음을 어디에도 두지 않고
어떤 마음이 나지도 않게 힘을 빼기

쉬운 일은 아니다.

멀고 가까운 풍경 속에서 걸어야 할 길이
내 눈을 빼앗고
물소리, 매미소리, 사람소리가
내 귀를 차지하려 들기 때문이다.

하지만
힘을 빼고 빼고 또 빼면서 걷다 보면
시나브로
몸과 마음의 자유가 찾아오기 시작한다.

자유는
현상학과 질적 연구에서 중시하는 '판단중지'의 멈춤이며
'자유변경을 통한 본질직관'의 열림이다.
멈추어야 열리고
열려야 진면목眞面目에 다가갈 수 있다.

좋은 힘을 제대로 가지기 위해서는 먼저
나에게 있는 힘들을 내려놓아야 한다.

인간세

폭염, 홍수, 지진, 해수면 상승, 동식물 생태계 쇠락
지구의 변화가 심상치 않다.
예상되고 예고된 것보다 악화의 속도가 더 빨라지고 있다.

인간은 거대한 우주 시스템의 한 미물微物에 불과하다.

그럼에도
지혜롭고 지혜로운 존재*Homo Sapiens Sapiens*를 자처해온
우리 인간은
어떤 재앙도 스스로 예측하고 극복할 수 있다는
하라리*Y. Harari*의 '신적 존재*Homo Deus*'까지 자처하기에 이르렀다.

그 오만과 방만으로
인간 자신에 의해서 지구 생태계가 불가역적인 재앙 수준으로 훼손되었다.

지구과학자들은 이미 오래전에
하나의 별인 지구가 인간세人間世, anthropocene에 접어들었다고
경고했다.
간빙기의 평온한 환경 덕분에

오늘의 문명을 이룩할 수 있게 된 홀로세holocene를
우리 인간 스스로 파괴하고 파멸시킨 것이다.

감당할 수 없는 폭우로 나라가 떠들썩하다.
그렇지만
또 잊을 것이다, 금세

인간과 비인간을 여전히 분별하여 차별할 것이고
문화의 환상으로 자연을 경시할 것이며
인간의 본질 즉 인간다움에 대한 근본적인 성찰을 게을리할 것이다.

보이지 않는 것 보기

말이 안 된다.
보이지 않음은 볼 수 없음을 뜻하는데
어찌 본다는 말인가.

하지만 말이 된다.
본다는 것이 육안으로만 봄을 의미하는 것이 아니라면
보이지 않는 것도 얼마든지 볼 수 있다.

본다는 것은
실상 찰나요 순간이다.
그러나 우리는
찰나와 순간에 살지 않는다.
내 실존의 지금-여기는 항상 이미 돌아봄과 내다봄의 응축이다.

매 순간 내가 보는 것은
사라지거나 없어지지 않고
내 몸과 마음에 잠시 또는 오래 침전되어
의식과 무의식의 상기想起-호출呼出에 대기한다.

그래서 우리는

보이지 않는 것까지 살피고 헤아리고 돌보며 살고 있다.

그것을 현상학에서는
초월이라 하며
초월적 구성이라 하며
노에마-노에시스 상관작용의 지향이라고 한다.

인당혈印堂穴의 혜안인
눈 된 세상과 세상 된 눈의 두목頭目
그 눈으로 나는
보이지 않는 것까지 더 지혜롭게 보며 살고 싶다.
그 눈으로 공부하며 연구하고 싶다.

시민의식

어찌할 수 없는 재난이 발생할 때마다
빈부격차를 비롯한 사회 불평등 문제를 피부로 더 느낀다.

이른바 '있는 사람'들은
어찌할 수 없는 일에조차 '달리 어찌하는 방법'들을 준비해두고 있는 반면에
이른바 '없는 사람'들은
어찌할 수 없는 일에 말 그대로 속수무책束手無策이다.

있는 사람들이 주가 되고 갑이 되는 정부
그런 정부의 사람들은
갑甲옷을 입고서 맨몸 사람들의 아픔을
아는 척, 위로하는 척, 돕는 척, 막아주는 척할 뿐이다.

재난 앞에서 삶이 흔들리고 있을 때
있는 사람들의 정부는 흔히
어서 함께 복구하자며 시민의식을 강조한다.

옛 그리스 사람들의 생활공간은
폴리스polis와 오이코스oikos로 구분되어 있었다.

폴리스가 건강한 '있는' 남성들이 '사회society' 조직체를
품위 있게 염려하는 공간일 때
오이코스는 그 바깥의 '없는' 사람들이 '공동체community'를
오순도순 시끌벅적 꾸려나간 공간이었다.

성곽으로 보호된 폴리스
그곳 사람들의 이름이 '시민'이요 그들 사회가 '시민사회'였을 때

성 밖의 보호받지 못한 오이코스
그곳 사람들에게는 이름이 없거나 도구적으로 붙여진 이름의
고단한 삶이 있을 뿐이었다.

아테네에서 볼 수 있듯이
높은acros 언덕 아크로폴리스에 신전을 짓고
있는 사람들이 고담준론高談峻論의 폴리스 삶을 영위할 때
낮은 평지의 집과 장터에서는
없는 사람들이 하루하루 오이코스 삶에 분투하였다.

경제economy: oico-nomy가 이렇게
오이코스 삶의 분투에서 유래했다면
그와 달리 정치politics는
폴리스 시민들의 고상한 삶에 기원을 두고 있다.

오이코스였던 저잣거리 시장市場이

나날이 노동시장, 인력시장, 금융시장, 부동산시장으로 '진화'하고
있다.
　그런 시장들에 폴리스가 마수를 뻗어
　정경유착政經癒着이 일상화되고 있다.

　재난 앞에서 삶이 크게 흔들리고
　있는 사람들의 정부가 시민의식을 외치는 지금
　나는
　왜곡된 시민과 변질된 시장
　그리고 유착으로 혼란스러운 정치와 경제를
　근본적으로 문질빈빈하며 심란한 나날을 보내고 있다.

겸허한 헌신

휴일 이른 아침부터
스산한 국내외 정세들을 뉴스로 대하면서
한참 동안 아내와 세상 걱정을 나누었다.

무엇이 문제이며 왜 문제인지
그 문제 하나하나 어떻게 대처해야 하는지
나 자신은 그 문제에 어떻게 연루되어 있으며
지금 당장 또는 긴 호흡으로 내가 할 일이 무엇인지

세상 속에서
세상의 흐름과 굴곡을 읽고 타면서
지혜롭게 생존과 실존을 도모해야 하니
나와 너, 우리 모두가 '세계-내-존재'임을 새삼 깨닫는다.

위기지학爲己之學의 토대 위에서
위인지학爲人之學의 길을 열어가고자 하는 나로서
수행修行과 헌신獻身은 필시 동반해야 한다.

위기지학의 수행은
세계-내-존재의 한계와 업보를 져야 하니

고단하기 마련이며
위인지학의 헌신 또한
세계-에로-존재의 막연함 속에서 길을 찾아야 하니
결코 쉽지 않은 일이다.

겸허한 헌신

아는 체 잘난 체하지 않고
나만의 이해利害에 너무 집착하지 않으며
큰 눈 긴 숨으로
더 나은 세상을 이웃과 더불어 지향하고 만들어가야 하는….

다짐에 머물지 말아야 하는
다짐을 다시 하는
휴일 아침이다.

계란으로 바위 치기

이 말은
바위 입장에서 계란더러
불가능한 일에 무모한 노력을 하지 말라는 뜻으로 읽힌다.

나날이 진화하여
그 모순과 부조리를 극복하기 어려운 자본주의
똘똘 뭉쳐서
자기 보전과 재생산의 강고함에 한 치 흔들림이 없는 나쁜 권력들
워낙 깊이 뿌리를 내려서 '절대 죽지 않는'
왜곡된 능력주의, 학벌주의, 시험주의, 서열주의, 등급주의 입시경
쟁의 문화

이런 바위들에 맞서야 할 때
나는 정녕 계란이 될 수밖에 없는가….

바위는 영원히 바위로 남아 행세를 멈추지 않는 것인지
바위를 아예 상대하지 않고 살 수는 없는지
바위를 거들떠보지 않고
계란으로 그냥 소박하게 요리하며 사는
안빈낙도安貧樂道의 삶은 어리석기만 한 것인지

이 물음들에 대한 답은
계란이 비유하는 것이 무엇이며
바위로 비유되는 것이 무엇인지에 따라서 다를지 모른다.

그러나
우리 인간이 욕망에서 자유로울 수 없고
욕망의 다툼에서 지기만 하여
그 벌로 굴러 내리고 내리는 시지푸스의 바위를 피할 수 없다면
내 온몸 계란으로 바위를 치기라도 해야 하지 않을까….

바위를 당장 깨뜨릴 수는 없더라도
바위를 더럽히고
계란의 어떤 성분으로 바위를 서서히 썩게 만들 수는 있지 않을
까….

역설적 지향

손 떨림 증상으로 사무직에서 쫓겨날 위기에 처한
심인성心因性 신경증 환자에게
손을 떨지 않으려 애쓰지 말고
일부러 손을 더 떨어 글씨를 엉망으로 자꾸 쓰게 함으로써
그 증상을 치료한 사례가 있다.

말더듬이 신경증 환자에게
역할극 무대에서 말더듬이 역할을 거듭 맡기자
그 역할을 잘 해내지 못하고
오히려 말더듬이 증상이 나아졌다는 보고가 있다.

심리치료에서는 이를
'역설적 지향paradoxical intention'의 효과라고 칭한다.

우리 인간은 누구나
자기 몸의 관점과 견해인 '억견臆見. doxa'을 가지고 있다.
현상학이 근본적으로 주목하는 '주관主觀'이다.

그런데 모든 억견은 그 자체에
변증법적인 '역설逆說. paradox'을 내포하고 있다.

역설적 지향은 그 모순 관계를
깊이 들여다보고 심리치료에 활용하는 것이다.

우리는 의도하고 구성하며 산다.
주어지는 외부 조건과 그에 대하는 내면 의식 사이에서
매 순간 지향intention을 하며 산다.

어떤 지향에 갇혀서
다른 지향들을 잃거나 배척하게 되면
탈자脫自의 실존ex-istence을 할 수 없고
자칫하면 여러 가지 심인성 신경증을 앓을 수도 있다.

그러니 우리는
일부러라도 가끔은
역설적 지향을 수행할 필요가 있다.

흥분

내가 하는 흥분
다른 사람들의 흥분을 대하면서
성찰하고 반성한다.

경기장에서의 흥분
가족관계에서의 흥분
사회 문제들에 대한 흥분

흥분興奮, excite은
자극에 대한 몸의 반응 방식 가운데서
밖으로ex 일어나興, citare 떨치는奮, citare 방식의 반응이다.

흥분은 그 주체의 내부에 머무르지 않고
밖으로 표출되어 외부와 관계를 낳고 결과를 낳는다.

흥분에는 이중성 혹은 양면성이 있다.
어떤 긍정적 관계와 결과로 나아가는 에너지의 고조로써
우리 삶에 활기와 활력을 주기도 하지만
때로는 예기치 않은 부정적 관계와 결과로 나아가
우리에게 후회와 수습의 빌미를 주기도 한다.

미리 기획하거나 계산하거나 예상하는 것이 아닌
그 성질로 인해서
흥분은 그때그때 적절하게 조절되어야 하는 자극-반응의 방식이다.

나 자신의 흥분 현상과 체험을 돌아보면서
흥분이 가라앉고 난 뒤 후회하는 나쁜 흥분을 줄이고
흥분이 가라앉고 난 뒤 수습하지 않아도 되는 좋은 흥분을
조금씩 더 늘려나가야 하겠다고 다짐한다.

들리지 않는 것 듣기

청력을 점점 잃어가다가
마침내 귀머거리가 되다시피 한 베토벤이
어떻게 그 위대한 음악들을 창조할 수 있었을까
어릴 적부터 내내 궁금했던 것이다.

들리지 않는데도 들을 수 있을까
만약 그럴 수 있다면
그것이 어떻게 가능할까

혹시 메를로-퐁티M. Merleau-Ponty가 《지각의 현상학》에서
눈만이 아닌 온몸으로 보고
귀만이 아닌 온몸으로 듣는다고 했듯이
보고 들음이 '물리적 감각'이 아닌 '현상학적 지각'의 문제이며
그래서 어떤 감각기관의 장애가 지향적인 이해와 의미화를
섣불리 가로막을 수는 없다는 사실과 연결되는 것일까….

오그덴C. Ogden과 리차즈I. Richards가 《의미의 의미》라는 책에서
의미가 단순히 언어의 문제가 아닌
신체, 관계, 의식, 의도, 감정, 정서, 욕망, 능력 등에
포괄적이고 총체적으로 두루 관련된 것이라는 지적과도 연결되는

것일까….

그래서인지 우리는
들을 수 있는데도 못 듣거나 안 듣기도 하지 않는가….

백성의 소리를 듣지 못하는 임금
자녀의 목소리에 귀를 기울이지 않는 부모
학생들의 서로 다른 소리를 두루 듣지 못하거나 듣지 않는 교사

듣기 위해서
잘 듣기 위해서
우리는 노력을 하고 능력을 키워야 한다.
들을 수 있는 몸으로
들을 수 있는 시간과 장소와 관계 속으로 힘써 가야 한다.

중국 춘추시대 거문고의 명인 백아伯牙는
자신의 음악을 들어주던 친구 종자기鐘子期가 죽자
더 이상 거문고를 타지 않았다.
판소리의 명창들은 득음得音을 위해서
갖은 노력을 다한다.

듣지 못하는 것과
들을 수 있는 것 모두
단순히 귀와 감각의 문제만이 아님은 분명하다.

게임의 규칙

거짓과 잔꾀가 난무하고 있다.
목적을 위해서 수단과 방법을 가리지 않는
불의와 불공정이 혼탁을 초래하고 있다.

크고 작은 세상살이는 흔히 게임에 비유된다.

고대 영어에서 유래한 'game'이라는 말에는
어떤 목적재미나 의미의 성취를 위한 분투와 경쟁이 있고
그 분투와 경쟁이 본래 목적을 훼손하지 않게 하는 절차와 규칙이
있다.

정치, 경제, 사회, 종교, 예술, 기술, 건축, 언론 등등은
제각기 다른 삶의 형식으로서
제각기 다른 게임의 양상이 있고 규칙이 있다.
게임 체제로서 교육세계와 학문세계에도
그 특유의 양상이 있고 지켜야 할 규칙이 있다.

절차와 규칙이 무너지면
게임은 그 본래의 목적을 상실하기 마련이다.

그런데 우리 사회의 곳곳에서
게임의 절차와 규칙이 무너지고 있고
그로 인해
게임 본래의 목적이 상실될 위기에 처했음에도
눈 하나 깜짝하지 않고 태연하게
외려 적반하장의 술수를 '지략'이라 착각하는 분위기가 만연하고
있으며
규칙을 어긴 사람들이
규칙을 관리하는 칼자루를 쥐고 있다.

이런 시국에서
누가 국민에게 규칙을 지키라
명령하고 수사하고 단죄할 수 있을 것인가… 애재哀哉!!

교육다운 교육을 염려하는 나로서
어른 세계를 지배하고 있는 이 혼탁의 권모술수權謀術數들을
자라나는 우리 아이들이 보고 배우고 당연시하게 될까가
무엇보다 두렵다.

흥망성쇠

나이가 들면서
여러모로 심신이 쇠衰함을 느낀다.
마냥 성盛할 줄 알았는데 그렇지가 않다.

어떤 처지든 자신이 직접 당하지 않고는 다 이해할 수 없다.
보편적인 무엇으로 설명하거나
객관적인 무엇으로 위로할 수도 치유할 수도 없다.

개인과 국가, 사태와 사업 모두에
흥興하는 데에 원인이 있듯이
망亡하는 데에도 까닭이 다 있을 것이다.

이러저러한 나 자신의 흥망성쇠를 돌아보고 내다보면서
내가 어찌할 수 없었던/없는 원인과
내가 어찌해볼 수 있었던/있는 까닭을
나누어서 하나하나 성찰한다.

우리나라의 흥망성쇠에 대해서
그것에 작용해왔고/작용할 우리 교육의 영향력에 대해서
숙고하며 비판적 대안을 차분히 검토한다.

내가 좋아하는 운동선수가
한창 잘하여 박수를 받을 때 나는
그 박수가 약해지고 급기야 멎을 때를 염려하며
마음이 안쓰럽다.

나를 좋아하는 사람에게
나 또한 그런 마음의 대상일 것이다.
다 이해할 수 없고 다 설명할 수 없지만 생기는 안쓰러움

망하지 않는 흥이 없고
쇠하지 않는 성 또한 없으니
흥망성쇠가 인간과 세상의 숙명이라 여기면서도
흥성에 대한 집착을 내려놓기가 쉽지 않다.

흥망성쇠에서 자유롭기 위해서는
결국 나 자신이
조금이나마 더 나은 나에 대한 희망과
조금이나마 더 올바르고 더 아름다운 나에 대한 열정을
나서 죽기까지 지속적으로 견지할 수밖에 없다.

내 사전에서 망함을 지우고
쇠할 때는 쇠한 대로
자유로운 나를
내가 꿋꿋이 지키는 것이다.

긴장과 이완

심장은 수축과 이완을 반복하며
우리 몸 구석구석에 피를 공급하고 다시 거두어
활력을 생성하고 정화한다.
그 수축과 이완 사이의 적절한 조절이 심장의 생명이다.

긴장tension은 어디론가 힘을 주어 뻗음tendere이며
이완relax은 힘을 빼서 다시re 느슨해짐lexare이다.

한곳에 계속 힘을 주고 있으면
급기야 탈이 난다.
마냥 늘어져 있으면
힘 자체가 시나브로 스러져 무기력에 빠진다.

그래서
긴장과 이완을 적절하게 조절하기 위한
선택과 집중이 필요하다.

모든 선택은 배제를 수반한다.
모든 집중은 분산을 전제한다.
우리는 다 선택할 수 없고 다 집중할 수 없다.

자 그렇다면
언제 어디서 무엇을 어떻게 선택하여 집중할 것인가.
왜 그런 선택과 집중인가.

하루를 시작하는 아침마다
내 오늘의 선택과 집중, 긴장과 이완을 살피고 보살핀다.

미운 놈 떡 주기

미운 자식 밥으로 키운다거나
미운 사람에게 쫓아가 인사한다거나
미운 아이 먼저 품는다는 말과
같은 뜻의 속담
미운 놈 떡 하나 더 준다.

어릴 때부터 내내 들어왔지만
이해하기 힘들고
행하기는 더 힘들다.

그런데 곰곰이 따져보면
이 속담들의 참뜻이 무엇인지가 분명하지 않다.

사랑을 이기는 미움이 없다는 뜻일까,
세상 앞일을 알 수 없으니
내키지 않더라도 미운 이를 오히려 더 후하게 대하라는 처세술일까,
다른 마음처럼 미움도 선입견, 편견, 고정관념일 수 있으니
있는 그대로 '판단중지'를 먼저 하자는 현상학적 태도일까,
미워함의 폐해가
미움을 받는 자보다 미움을 주는 나에게 더 있을 수 있다는

역설의 진실일까….

개인과 개인 사이의 사원私怨은 그렇다 치더라도
사회적 차원의 공분公憤은 어찌해야 하나.

내가 주지 않아도 이미 떡을 잔뜩 가진 데다가
떡을 배분하는 권력까지 정의롭지 않게 움켜쥐고서
부당한 짓들로 '없는 사람들'의 원한을 사는
그런 미운 놈들에게 내가 떡을 더 주어야 하는가.

미움 없이 사랑으로 살고자 하지만
쉽지가 않다.

동지

몇 달 동안 함께
질적 연구를 공부한 도반道伴들이
하나의 매듭을 짓는 자리에서
동지애를 느낀다고 말했다.

동지同志: 뜻을 같이하는 일 또는 뜻을 같이하는 사람
동지congenial spirit: 함께com 낳는genius 호흡spirit
동지comrades: 한방*cámara* 사람

동지는 사람과 사람 사이 하나의 관계다.
지향志向을 나누고 같이하는 관계의 사람들이다.

동지는 결코 쉽지 않은 귀한 관계다.

지금부터 우리는 동지라고
미리 규정하거나 선언하고서 시작할 수 없는 관계

우리가 동지이구나
길을 찾고 묻고 헤매다가
함께 가게 되고 만들어가게 되는 '구성' 과정의 관계

우리가 동지였구나
같은 방에서 호흡을 함께 하고 있음을
문득 깨닫게 되는
때로는 돌아서서 깨닫게 되는 '확인'의 관계

동지를 규합할 수는 있지만
늘 배신 배반의 틈과 구멍이 있어서
참 동지 오랜 동지는 흔치 않다.

그래도 오늘 나는
동지가 있어서
힘들어도 외롭지 않다.

우선순위

크고 작은 경조사慶弔事가 생길 때
만사를 제쳐놓고 참석해야 하는 자리가 있는가 하면
참석 여부와 방식을 두고 망설이며 선택해야 하는 자리가 더 많다.
축의 또는 조의를 서로 나누는 일의 의미와 기능을 몰라서가 아니라
유한한 시간과 살림 가운데서
그 일의 우선순위를 살펴야 하기 때문이다.

대체로 예고되는 경사와 달리
급작스레 생기기 마련인 조사는 특히
가정과 직장의 평상적인 업무나 볼일을 접고 미루어야 하기에
우선순위를 둘러싼 부담을
개인은 물론 그가 속한 가정과 직장이 떠안게 된다.

개인, 가정, 사회, 국가의 일 모두에는 우선순위가 있다.
그 순위가 정답으로 정해져 있는 것이 아니라
문답 속에서 최적의 선택과 결행이 있어야 한다.

그런데 요즘 우리나라의 정국을 보면
애민愛民과 봉공奉公에 헌신해야 할 지도층이
사사로이 권력을 좇거나 권력에 도취하여

민의와 민생은 뒷전인 채
불공정하고 불합리한 결정을 예사로이 하면서
정쟁과 당쟁을 우선순위로 일삼고 있다.

이런 폐단이 어제오늘의 일이 아니라고 우기거나 무덤덤한 이들도
있지만
나는 그 우김과 무덤덤함의 인습이 더 큰 폐단이라 믿는다.

무릇 우선순위의 판단과 선택은
하고 싶은 일
해야 하는 일
일들 하나하나와 그것들 사이 총체의
본질직관에 기초해서 이루어져야 한다.

이 일과 저 일, 일마다 그 나름의 본질이 있고
무수한 일들의 통일성 또는 총체성에도 본질이 있다.
그 본질들에 대한 숙고 속에서
우선순위의 공정하고 합리적인 판단과 선택이 이루어져야 한다.

내게 맞아서 하고 싶은 일을 잘하기 위한 공부가 뒷전인 채
금권 위주의 일자리를 얻기 위한 공부가 우선인 사회
아름답고 보람 있는 내 삶 전체를 기획하여 고투하는 본질적인 공
부보다
대학입시에 성공하기 위한 도구적인 공부가 우선인 사회

정치답지 않은 정치

교육답지 않은 교육

우리 사회의 '답지 않은 일'들에 상심하면서

우선순위 문제를 다시금 성찰하는 무거운 주말 아침이다.

궁하면 통한다

코로나가 다시 악화하고 있다.
백신 4차 접종을 독려하는 문자가 줄줄이 들어오고 있다.

팬데믹pandemic이 2년 반을 훌쩍 넘어서면서
방역 피로가 깊어지고
도대체 어찌하란 말인가의 막막함과 절망감
어떻게 되겠지 하는 방임의 요행 바라기마저 번져가고 있는 듯하다.

학교가 문을 닫고 수업이 파행하던 초창기에
위기는 곧 기회라는 극복 의욕이 당찼던 것과 달리
코로나가 만성적인 질병이 되어가고 있는 지금
위기가 정말 기회인지
위기가 무엇이며, 기회는 또 무엇인지
근본적인 질문과 의구심이 오히려 줄을 잇는다.

옛말에 '궁하면 통한다窮卽通.'고 했다.

하지만
벗어날 길이 다 막힌 상태에서
살아날 길이 어떻게 열린다는 것인지

잘 이해가 되지 않는다.

그런데
다할 '궁窮'이라는 글자를 유심히 들여다보면서
굴穴속으로 몸身을 피해 활弓을 쏘며 안간힘을 다하는
배수진背水陣의 기개를 읽고 나니
아하, 어떤 깨달음이 온다.

그렇다.
궁하게 되면 저절로 통한다는 말이 아니라
궁하더라도 궁해야, 즉 있는 힘을 다해야 통할 수 있다는 말이다.

힘이란 게 묘해서
없다고 포기하면 없는 것이요
그래도 있다고 분발하면 있게 되는 것이다.

더 내려갈 데 없이 바닥을 치면
다시 오를 일밖에 없다는 식의 막연한 기대나 위안은
궁즉통의 이치에 맞지 않는다.

후설E. Husserl은 철학 특히 현상학을 '엄밀한 학문'이라 했다.
이 엄밀함은
정밀함, 정확함, 정교함이 아닌
치밀함, 치열함, 투철함에 더 가까운 말이며

극한까지up to the limit 밀어붙임을 함의하는 말이다.

공부하는 사람으로서 나는
이 극한까지 견디며 파고드는 절박한 열정을 귀하게 여긴다.

지금 우리는 궁지에서
정말 궁하고 있는 것일까….

U-turn

도로 주행의 기본은 직진이다.
다음으로 우회전과 좌회전이 있고
예외적으로 p회전, q회전, U회전 등이 있다.

피턴 큐턴 유턴이라 쓰면 소통이 잘 안 되어
알파벳 글자의 모양 그대로 쓰는
상형象形 문자의 유래와 유익을 여기서 볼 수 있다.

길 건너편 멀리로 가야 할 때
길을 놓쳐서 다시 찾아야 할 때
잊은 일이나 물건이 있어서 도로 제자리로 가야 할 때
우리는 U-turn을 한다.
U-turn을 두 번 하면
간 길을 다시 가게 된다.

내 딸의 재수再修….
실수와 실패로 인한 시간의 낭비일 수도 있지만
수정과 보완, 재기와 갱생의 기회이기도 하다.
들뢰즈G. Deleuze가 말한 대로
부디 '헐벗은 반복'이 아닌 '차이를 생성하는 반복'이기를 기원하

면서

내 첫 시집이 《우회로》다.
　　　곧장 가지 않고
　　　돌아가는 일이
　　　나는 늘 불안했다.
　　　작은 손해도
　　　작은 낭비도
　　　나는 늘 아까웠다　　- 부분-
라고 읊었던 것처럼

인생 행로에서
우여迂餘와 곡절曲折은 피할 수 있다면 피하고 싶은 것이다.
굽고 꺾이고
멀어져서 자꾸 남게 되므로….

하지만
우여곡절이 없는 인생은 없다.
그러니
우여곡절을 여유와 담대로 오히려 직면해야 하지 않겠는가.

선물

큰 누님으로 오가며 지내는 이웃 할머니께서
노구를 이끌고 손자의 힘까지 빌려
고구마 한 상자를 선물로 가지고 오셨다.
별로 잘해드린 것도 없는데
고맙게 지내는 사이라는 말을 전해 들은 아드님이
시골에서 농사를 지어 보낸 고구마라 하셨다.

선물은 그 한자어 '膳物'에 인류학적 기원이 고스란히 담겨 있다.
더불어살이가 혼자살이보다 생존에 유리하기에
먹거리月=肉의 착한善 나눔이 자리를 잡게 되었고
공동체를 형성하고 유지하는 관계의 전통으로서
선물 문화가 면면히 이어져 오게 된 것이다.

그런데 일상의 우리말에서
선물을 '받고 줌'이라 표현하지 않고
선물을 '주고받음'이라 표현하는 모습을 주목할 필요가 있다.
선물은
무엇을 받은 데 대한 대가로
무엇을 받기로 한 대가로 주는 것이 아니다.
그것은 선물이 아닌 뇌물이다.

선물은 영어로 'present'라 한다.
여기에는 현상학적 시간성이 담겨 있다.
선물에는
돌아봄retention과 내다봄protention이
지금-여기로 '현재화'하는
지향intention의 의미가 담겨 있다.
과거와 미래를 현재로 응축하여 '표현表現'하는 것이 선물이다.
선물은 지금-여기 눈앞의 현상이지만
그 속에 착한 돌아봄과 착한 내다봄이 담겨 있다.

선물의 나눔에는
착함이 전제되어야 하고
착한 돌아봄과 착한 내다봄이 전제되어야 하며
착함을 먼저 준 데 따를 수도
따르지 않을 수도 있는 받음으로 의미화되어야 한다.

거경궁리

경북 영주의 소수서원에는
서원 앞으로 맑은 개천이 흐르고 건너편 바위에
붉은 글씨로 한자 '敬경'이 새겨져 있다.
옛 선비들이 학문을 함에 있어서 갖추고자 한
태도와 방법을 압축한 '居敬窮理거경궁리'의 '敬'자이다.

거경궁리는
《논어》옹야 편에 나오는 '거경'과
주자가《대학》을 해설하며 쓴 '궁리'를 묶은 말이다.

궁리는
사리를 깊이 치열하게 연구하는 태도이며
거경은
궁리를 위해서 멈추고 삼가며 집중하고 몰입하는 자세이자 방법
이다.

성리학에서 풀이하는 '敬'의 의미는
자신의 소유를 이기고 존재의 예로 돌아가는 '克己復禮극기복례'
홀로 있음에도 도리에 어긋나지 않도록
심신을 바르게 하고 언행을 신중히 하는 '愼獨신독'

몸과 마음을 집중시켜 흐트러지지 않게 하는 '主一無適주일무적'
세 가지로 집약된다.

배우고 익힘에 있어서
늘 가다듬어야 하는 '거경'임에도
나를 비롯한 학습자들이
그러한 태도를 갖추지 못하는 경우를 흔히 접한다.

특히 스스로 많이 알고 잘 안다고 착각하는 '어른들'을 모시고
특강을 하거나 연수를 할 때
경건하지 않고 겸허하지 않은 오만한 태도들을 자주 접한다.

잘 배우는 사람이
잘 가르칠 수도 있건만
자신은 잘 배우지 않으면서
남을 가르치겠다고 나서는 사람들이 많으니
참으로 안타까운 세태이다.

시간 약속 지키기

행사 진행이 밀리고 밀려서
내가 시작할 강연 시간이 크게 늦어졌다.
진행자는 죄송하다고 하지만
이미 늦어져서 대폭 줄어든 시간 때문에
당황스럽기도 하고 어처구니가 없기도 하다.

앞사람들은 10분 정도 더 쓰는 것쯤이야 하겠지만
몇 사람의 시간 안 지키기가 쌓이면
마지막에 일정이 잡힌 사람은
시간에 쫓겨서 준비한 일을 제대로 할 수가 없다.

시간을 안 지킨 사람이 손해를 봐야 할 텐데
시간에 맞춰 와서 마냥 기다리게 되는 사람이 피해를 당하는 형국
이다.

그래서 나는
내가 맡은 수업, 회의, 학회의 진행은
항상 정시에 시작하고 정시에 마치려고 한다.
일찍 와서 기다리고 있는 참석자들이 피해를 보지 않게 하기 위해
서이며

부분부분 마친 후에 있을 각 참석자의 일정에 차질을 주지 않기 위해서이다.
무엇보다도 할당된 일정의 공정한 준수가
행사 진행의 기본적 약속이며 예의이기 때문이다.

언제부턴가
우리나라 열차, 지하철, 고속버스, 시내버스 등등의
출발-도착 시간이 예정되고 공지된 대로 잘 지켜지고 있다.
덕분에 내 생활세계의 스케줄 하나하나를
차질 없이 알차게 계획하고 수행할 수 있게 되었다.
참으로 고마운 시스템 관리이다.

그런데
소위 높다는 사람, 배웠다는 사람, 잘났다는 사람들이
시간 약속을 더 지키지 않는 세태를 자주 접한다.
왜 그럴까….

삶은 곧 시간이며
시간은 곧 내 몸과 마음의 실존적 의미 자체이다.

때로는 까탈스럽지 않게
느슨한 여유의 시간이 있을 수도 있겠지만
공적인 함께살이의 시간 약속만큼은
명확하고 정확하고 공정하게 지켜져야 한다.

관심

축구선수 손흥민을 좋아하기에
올 시즌 초반 부진한 그를 두고 회자하는
어수선한 풍문과 분석, 여론몰이와 갑론을박에 신경이 쓰인다.

관심關心은 마음心의 빗장關이며
마음의 열고 닫음이다.

관심interest은 존재est와 존재est의 사이inter이며
즉자卽自의 대자對自 되기이다.

사람, 사물, 사태에 대한 관심은
얕을 수도 깊을 수도 있다.
잠시일 수도 오래일 수도 있다.

사람, 사물, 사태에 대한 깊고 오랜 관심은
부버M. Buber가 말한 '나-그것'의 관계를 '나-너' 관계로 이끌기 마
련이다.
그리하여
객관적 대상noema으로 '설명'하는 관계가 아닌
상호주관적 의식noesis으로 '이해'하는 관계로 나아가게 된다.

이해는 공감sympathy을 전제하고 생성하며

그 함께sym 나누는 'path=passion'는 어원상 'suffering고통'이다.

따라서

사람, 사물, 사태에 대한 깊고 오랜 관심과

공감을 전제하는 이해는

곧 상심傷心을 공유하는 것이다.

누구보다 무엇보다 자신의 부진 자체가 힘든데

부진에 대한 온갖 도청도설道聽塗說에 휘말리고 있는

손흥민의 상심이

고스란히 내 상심이 되고 있는 요즘이다.

황소의 눈

짧은 깃털 화살을 과녁에 던져 맞추는
다트dart 놀이의 과녁 정중앙에 '황소의 눈'이 있다.
창을 던져 들소를 사냥했던 옛 인류의 삶에서
사냥이 놀이로 '기능 전환'을 한 흔적이다.

비록 황소의 눈을 명중시키지 못하더라도
항상 황소의 눈을 목표로 해야 한다고 괴테J. W. Goethe는 말했다.

비록 과녁의 정중앙을 명중시키지 못하더라도
우리는 항상 과녁의 정중앙을 겨냥해야 한다.

지극히 당연한 말이며
늘 그리 해왔다고 여길 수 있는 일이지만
실상은 그렇지 않다.

과녁의 정중앙이 교육의 '본질'이고
그 언저리가 교육의 '현실'들이라고 상정해보자.
많은 사람이 우리 사회 지금-여기의 교육 현실들이
어딘지 모르게 왠지 모르게
교육의 본질에서 빗나가 있다고 의혹, 반성, 비판한다.

물론 다트 놀이 과녁의 정중앙과 달리
교육의 본질이 무엇인지는 명확하지 않을 수 있으며
시대와 문화에 따라서, 개인과 집단에 따라서
서로 다른 견해와 입장이 있을 수 있다.
그러므로 아마도
부단한 문답과 대화를 통해서 부단히 함께 찾아 나가야 하는 것이
교육의 본질인지 모른다.

오랜 문답과 대화의 과정에서 나는
교육의 양상-이념-방법이 교차하는 본질을 다음과 같이 찾아왔다.

양상: 학습과 교수의 해석적 상호작용
이념: 더 나은 인간 형성의 존재론적 지향
방법: 변증법적 대화의 과정

교육답지 않은 교육이 난무하고 있다.

우리 사회 지금-여기의 "교육"들이
교육의 본질에서 빗나가 있다고 의혹, 반성, 비판하면서도
어떤 교육이 참으로《교육다운 교육》인지
깊이 문답하거나 대화하지 않은 채
현실적인 이유와 변명으로 본질을 외면하거나
나 혼자서는 계란으로 바위 치기라며 실천을 지레 회피하고 있다.

설혹 황소의 눈을 명중시키지 못할지라도
몸과 마음을 다해서
황소의 눈을 찾아 명중시키려고 애써야 하지 않겠는가.

팀 스피리트

축구와 같은 단체경기에서는
선수 개개인의 기량 못지않게 혹은 그보다 더
단체로서의 합심 즉 '팀 스피리트team spirit'가 중요하다.

우리 한반도에서 발생할지 모르는 군사적 도발 사태에 대비하여
한국과 미국 두 나라가 1976년부터 1993년까지 실시했던
연합군사훈련의 이름도 '팀 스피리트'였다.

본래 'spirit'은 우리가 쉬는 '숨'으로서
성경《창세기》는

> 흙의 먼지로 사람을 빚으시고
> 그 코에 생명의 숨을 불어넣으시니
> 사람이 생명체가 되었다. 창 2-7

고 기록한다.

날숨호, 呼과 들숨흡, 吸으로 이루어지는 우리의 숨
호흡re-spiration은
숨을 거듭re하고
숨을 본래대로re 하며
숨을 새롭게re 하는 과정이다.

호흡은 생명이며 영혼이다.
그래서 숨이 끊어지면
목숨이 끊어지면
죽는다.

기독교 삼위일체의 핵심축인 '성령聖靈'은 'holy spirit'의 번역어다.
우리 인간을 낳고 살아 있게 하는
성스러운 호흡
인간의 무엇으로도 설명하거나 대체할 수 없는
근원의 뜻이며 그 힘이다.

팀 스피리트는 '호흡 맞춤'이다.
단체경기에서도 연합군사훈련에서도
호흡이 맞지 않으면 팀의 뜻과 힘을 이룰 수 없다.

그런데
비록 당파黨派가 다를지라도
나라를 위해서 백성을 위해서 호흡을 맞추어야 할
팀 스피리트를 우리 정치에서는 눈을 부릅뜨고도 찾아볼 수 없다.

의미의 의미

의미라는 말은 크게 두 갈래 쓰임새가 있다.
하나는 어떤 말이 나타내는 내용, 뜻, 의의이며
다른 하나는 표현이나 행위 등의 의도 혹은 동기이다.

앞이 언어학적 의미라면
뒤는 현상학적 의미라 할 수 있다.
오그덴C. K. Ogden과 리차즈I. A. Richards가 쓴 《의미의 의미》는
주로 앞의 의미를 다루고
프랭클V. Frankl이 쓴 《무의미의 의미》는 뒤의 의미를 다룬다.

의미는 인간의 것이다.
인간이 아닌 어떤 유기체나 무기체도 스스로 의미를 다루거나 다투지 않는다.

의미로 인해 우리는 생존 너머 실존을 한다.
의미를 찾고 따지고 추구하는 삶이 실존이라면
의미 없이 반복되는 무기력과 무관심의 삶은 비실존이다.

프랭클은 나치 《죽음의 수용소》에서
눈앞의 죽음조차 의연히 대처하며 시시각각 삶의 의미를 문답하고

실천하는 사람과

   생존에 전전긍긍하며 공포와 불안 속에 무의미한 시간을 반복하는 사람들 사이

   첨예한 실존의 경계를 목격하고 살아남아

   의미를 핵심으로 삼는 실존주의 심리치료 'logotheraphy'를 창설하였다.

   실존주의 현상학자 사르트르는

   유有와 무無 사이에서

   인간은 '자유를 선고받은' 존재라 하였다.

   자유는 실존의 기초이며

   선택과 참여와 책임으로 이어져

   인간을 인간답게

   삶을 삶답게 만든다.

   물론 그와 반대로도 만든다.

   현상학의 핵심 개념인 지향과 초월과 구성 모두가

   핵심 원리인 노에마대상-노에시스의식 상관작용이

   의미화로 귀결된다.

   한자로 쓴 '意味의미'를 들여다보면서 나는

   뜻과 맛이라 읽다가

   뜻의 맛, 맛의 뜻이라 읽다가

왜 이 둘이 겹쳐 있는지
왜 이 둘이 실존에 그리도 중요한지
새김질 되새김질을 한다.

뜻과 맛 모두
사람들마다 문화와 시대마다 다르기도 하고
세계-내-존재로서 크고 작게 공유하기도 한다.
모든 의미가 그럴 것이다.

험한 태풍이 북상하고 있다는 뉴스 속에서
죽음과 마찬가지로
인간이 어찌할 수 없는 태풍… 그 의미
나와 우리에게 어떤 실존적 이해와 대처가 필요한지
숙고하는 아침이다.

자유의 현기증

키에르케고르S. Kierkegaard는
불안을 '자유의 현기증'이라 풀이했다.

자유가 없는 삶에는 불안이 없으며
불안이 없는 삶에는 자유가 없다.

비록 혼란스럽고 어지럽더라도
비록 약하다 어리석다 힐난과 연민의 표적이 될지라도
우리는 불안을
감출 것이 아니라 드러내어야 하고
억누를 것이 아니라 풀어헤쳐야 하며
회피할 것이 아니라 직면해야 하고
가식으로 답할 것이 아니라 진실로 물어야 한다.

못내 자유롭기 위해서
그래도 자유로움을 입증하기 위해서

인간은 자유를 선고받았기에
불안의 현기증을 견뎌내야 한다.

겉으로 나를 아는 이들이
전혀 수긍하지 않을지 모르지만
나는
하루도 빠짐없이
늘 불안에 시달린다.

이게 정말 될까
이렇게 또 하루가 가나
이 마음은 도대체 무슨 마음이지
허리가 더 아프면 어떡해
잘못한 것도 없는데 왜 이리 어수선하지
갑자기 죽으면 남은 빚은 누가 갚나
제자들이 날 싫어하는 걸까
이렇게 그냥 마냥 살아도 되나

불안에는 이유나 원인이 없다.
현상만 있을 뿐….

내 불안을 내가 다 이해할 수 없으니
내 불안을 남에게 어찌 설명할 수 있으랴.

그나마
현상학 공부와 실존의 태도 덕분에
문질빈빈의 질적 연구로 심신이 열려 있어

심연의 존재 불안들조차
드러내어 직면하고 진실로 묻고 답하는 가운데
자유의 현기증을 꿋꿋이 이겨내면서
만들어진 삶이 아닌 내가 만들어가는 삶을
하루하루 정성껏 살아가고 있다.

책 읽는 계절

한차례 태풍이 요란스레 지나가고
언제 그랬냐는 듯이 맑고 높은 가을 하늘이 활짝 열렸다.

워낙 좋은 계절이어서 그런지
가을이 오면
계절을 특정하는 묘사 또는 비유를 많이 접하게 된다.

추풍낙엽秋風落葉의 계절
수확의 계절
천고마비天高馬肥의 계절
독서의 계절… 등등

그런데 다른 특정과 달리
가을이 왜 독서의 계절인지
어릴 때부터 지금까지 내내 궁금하다.

공부를 일로 삼는 사람에게는
굳이 가을만 유독 책을 읽는 계절일 수 없기에, 혹시
평소 책과 거리가 먼일을 하는 사람
평소 책을 즐겨 읽지 않는 사람

평소 너무 바빠서 책 읽을 겨를이 없는 사람에게
가을에라도 책을 읽자는 말일까….

아니면
농경 시절의 유습遺習으로서
가을걷이가 끝나고 농한기로 접어드니
비로소 책 읽을 여유가 생긴다는 말일까….

아니면
여름의 무더위, 겨울의 추위, 봄의 나른함에 비해서
가을의 명징明澄함이
왠지 모르게 사색과 독서를 부추기기에 그렇다는 걸까….

누군가 내 궁금증을
가을 하늘처럼 말끔히 풀어주면 좋겠다.

책 읽는 방법

공부만큼 정직한 것이 없다고
나는 체험으로 믿는다.

공부를 두루 깊이 제대로 하지 않으면서
공부의 성과만 탐욕 하는 것이
얼마나 어리석고 오만한지
나는 배움과 가르침 속에서 깨닫고 또 깨닫는다.

공부를 책으로만 하는 것은 분명 아니지만
독서가 깊이 있고 체계적인 공부의 으뜸 길임은
예부터 그랬고 앞으로도 그럴 것이다.

그런데도 책을 두루 깊이 제대로 읽지 않는 사람들이 많다.
공부를 업으로 한다는 사람들 가운데서도 그렇다.

물론 책도 책 나름이어서
모든 책을 정독精讀하거나 숙독熟讀할 필요는 없다.
시간이 유한하기에
책을 잘 골라서 적절한 방법으로 읽는 것이 중요하다.

내 학문과 연구에 꼭 필요하고 중요한 책을 읽을 때
나는 정독과 숙독을 하여
그 책을 '내 것으로 만드는 일appropriation'을 한다.

의미 있는 부분들을 밑줄과 색칠로 표시하고
지면의 여백에 주석을 달고
읽기를 간간이 멈추어
새김질과 되새김질을 하는 가운데
해석학적 순환의 묘미를 즐기면서 읽는다.

책 읽는 방법에 정도正道가 있는 것은 아니겠지만
나의 구체적인 몸과 삶, 지식과 지혜, 친숙함과 새로움 속에서
실존적 의미화를 해야만
책을 내 것으로 만들 수 있음을
오랜 체험을 통해서 터득하고 있다.

해야 한다

글을 쓰다 보면
나도 모르게 '해야 한다.'로 문장을 종결하는 나를 종종 발견한다.

존재Sein의 문장이 '있다' '이다' '하다'로 끝이 나는 반면에
당위Sollen의 문장은 '있어야 한다' '이어야 한다' '해야 한다'로 끝난다.

존재론과 실존론의 질적 연구자를 자처하는 나이건만
왜 이렇게
존재가 아닌 당위에 빠져드는 것인지
질보다 문이 더 앞서는 것인지
사태 자체를 '있는 그대로' 보고 말하며 살피고 보살피지 못하는지….

언제부턴가 나의 당위론적인 문장 습성을 깨닫고는
몇 가지 '습성 바꾸기'를 애써 하고 있다.

묻고 답하는 글쓰기
다시 말해 '문답이 살아 있는' 글쓰기가 그 한 예다.

선불리 어설픈 답을 제시하지 않고
질문 자체를 더 곱씹으면서
정말로 적절한 질문인지
그 질문에 대한 정말로 적절한 답인지
살피고 또 살피려 한다.

당위의 글은
열려 있기보다 닫혀 있기 쉬운
탐구가 아닌 확정. 대화가 아닌 주장의 글이다.
나를 향하는 성찰보다 타인을 향하는 요구의 글이다.

존재와 달리 당위에는
어떤 입장이나 관점이 전제되어 있고
어떤 정답의 가치가 고착되어 있기 마련이다.

쉽지는 않지만 그래서 나는
좀 더 발견의 글, 대화의 글, 닫지 않고 열어가는 글을
더 잘 써보려고 '새롭게 날로 새롭게日新又日新' 노력한다.

나

늘 부르고 대하는 '나'이지만
정작 '나'가 무엇이며 누구인지
가만히 따져보면 참 막연하고 복잡하다.

나는 개체인 주체이다.
어떤 무리에 속해 있더라도 나는 세상에 단 하나뿐인 나이며
외부의 타자나 손님客이 아닌 내면의 주인主으로서 나이다.
한 마디로 나는 '천상천하유아독존天上天下唯我獨尊'이다.

나는 참으로 많은 이름을 가지고 있다.
그 많은 이름은 공히
스스로自여서 나눌 수 없는 나我에 뿌리를 두고 있다.

자아自我, self moi: 의식, 판단, 행동 등의 뿌리이며 중심인 대자로
서 나
자기自己, itself soi: 즉자로서 나 혹은 그것 자체
자신自身, myself: 몸 혹은 소유로서 나 혹은 그것 주체

하이데거M. Heidegger의 Was what: 존재자로서 '무엇'인 나
하이데거의 Wer who: 현존재로서 '누구'인 나

미드G. H. Mead의 'I': 주체적인 주아主我

미드의 'me': 대상적인 객아客我

에고ego: 심리학의 자아

이드id: 정신분석학의 본능적인 나

초자아super ego: 양심과 같이 에고와 이드를 통제하고 조절하는

초월적인 자아

불교의 소아小我: 감정과 욕망에 사로잡힌 인간적인 나

불교의 대아大我: 좁은 견해나 집착을 떠난 절대적 본체로서의 나

이 모든 구분법들에는

저마다의 깊은 철학적이고 분과 학문적인 배경이 있어서

어느 하나도 섣불리 어설프게 논할 수 없다.

하지만 정도껏 이해하고 적용하며 사는 나를 누가 나무라겠는가.

실존론의 입장에서 나는

지금-여기 개별지평의 현실태로서 나와

바람직하게 지향하는 이념형으로서의 나

세계지평에서의 이 두 나를 초월하여

심연 혹은 뿌리 존재지평의 나

즉 어떤 이름을 붙일 수 없는 선험적 무한가능태인 그냥의 참나眞我

이 구분법을 가장 선호하고 의지하며 살아가고 있다.

남

나 이외의 다른 사람은 '남' 즉 '타인'이다.
타인의 '타他'는 다름을 뜻한다.

나 아닌 타인들을 이해하고 그들과 더불어 잘 살기 위해서
나는 '다름의 문제'들을 주목하며 산다.
문질빈빈을 지향하는 질적 연구자로서도
문화상대주의를 중시하는 교육인류학자로서도
나는 이 '다름의 문제'들을 늘 유의하며 공부하고 연구한다.

타자他者. *autre*: 무엇과 '다른 것' 일반
타인他人. *autrui*: 누구와 '다른 사람' 일반
타아他我. *alter ego*: 타인의 '다른 자아' 일반

이 모든 개념적 다양체의 뿌리인 '서로 다름'이
차이와 차별, 분별과 변별
존재와 존재자, 현존재와 공존재
인식과 존재, 생존과 실존의 모든 문제를 낳으므로
어찌 주목하지 않고 유의하지 않을 수 있겠는가.

다름은 옳고 그름이 아니어서

나와 다름은 내가 어찌할 수 없는 것이어서
항상 이미 감당하기가 어렵다.

철학자 마리노G. Marino는 '나' 즉 '자아'를
오로지 자기 자신과 관계하는 관계라고 규정한다.
그런데
나는 나 아닌 남과 아무런 관계없이 나일 수 있는가?
남은 나와 아무런 관계가 없는 사람인가?

결코 아니다.
내가 없는 남이 공허하듯이
남이 없는 나는 있을 수 없다.

나A와 남A̅의 변증법적 대립 관계는
나의 존재 본질|A|을 성립시키는
논리적인 동시에 사실적인 전제이다.

남들 때문에 다치고 흔들리며 외롭고 괴로울 때마다, 그래서
나는 불가항력의 이 전제를 떠올린다.
그리고 서로 다름의 '문제'와 더불어 그 '미학'을 주목하면서
살고 공부하고 연구하고자 노력한다.

대학수학능력시험

　재수를 하고 있는 딸의 강권에 못 이겨서
2023학년도 대학수학능력시험 9월 모의평가의 국어 영역 시험을
쳐보았다.
　선택한 '화법과 작문'을 포함하여 45문제를 90분에 푸는 시험이다.

　결과는 처참했다.
45문제 가운데서 22문제를 맞혔고
배점을 고려하여 채점했을 때 100점 만점에 49점을 받았다.
이 성적을 등급으로 환산하면 6등급이다.
다른 영역의 시험 점수를 아무리 잘 받는다고 해도
이 등급으로 갈 수 있는 '좋은 대학'은 없다.

　평생 책을 읽고 글을 쓰며 살아온 내가
이른바 최고 명문 대학에서 수능 최고점자 학생들을 가르쳐온 내가
비판적 독해는 물론 사고, 분석, 종합, 추론 등등의 역량
그 어느 면에서도 자신을 49점짜리라고 여겨본 적이 없는 내가
그런 점수를 받으리라고는 전혀 예상하지 못했다.

　그런데도 왜 이런 처참한 시험 성적이 나왔을까….

가만히 따져보니

무엇보다 먼저 시간이 문제였다.

엄청나게 긴 지문들을 깊이 다 읽고서

시종일관 '적절한 것'과 '적절하지 않은 것'을 가려야 하는 문항과

무슨 말인지 어렵고 애매한 다섯 개 답지에서 정답을 골라야 하는 시험

이 난해한 작업을 90분에 해내야 하는 사태라니

이것이 대학수학능력시험의 실체라니….

이토록 머리가 어지럽도록 혼란스럽고 고통스러운

방대한 양의 문답 과제를

이토록 빠듯하게 주어진 시간 안에

풀면서 살아야 하는 것이 인생이라면

도전하기보다 포기하고 싶은 마음이 솔직히 더 앞선다.

내가 문제 삼거나 출제하지도 않은 문제를 왜 죽어라 풀어야 하며

적절함과 부적절함이 명백하게 갈라지는 일이 세상에 과연 얼마나 있으며

스스로 예상하고 검토하고 선택하는 해법이 아니라

가능한 대안들을 차단한 채

출제자가 제시한 답항들에 갇힌 채

정답 고르기를 최대한 요령껏 해내야 하는 이 사태는

대한민국의 미래가 걸린 청년들의 삶에 도대체 무슨 의미가 있는 것일까.

잠을 설쳐가며
극도의 긴장과 불안 속에서
소수의 성공자와 다수의 실패자를 나누는
이 〈오징어 게임〉에서
잠시도 한 치도 벗어날 수 없는
내 딸과 그 친구들, 이 땅의 젊은이들이 너무나 안쓰러워
가슴이 찢어질 것 같다.

대학에서 수학할 수 있는 능력이란 도대체 무엇일까….

49점짜리 수험생인 나는
남이 평가하여 선발해준 최고의 '대학수학능력자'들에게
무엇을 어떻게 왜 가르쳤던가….
나와 내 학생들이 대학에서 고투한 가치가 무엇이며
그 가치는 대학수학능력시험의 가치와 어떤 일관성 통일성이 있는
가….

존재물음

하이데거의 명저《존재와 시간》은
서론에서 '존재의 의미에 대한 물음'인 존재물음이
왜 필요하고 어떻게 이루어져야 하는지를 논하면서 시작한다.

존재한다 함은 무엇을 의미하는가….

일상에서 우리는
'존재'라는 표현을 직접 쓰기도 하지만
'있다'거나 '없다'는 표현으로 더 널리 존재를 언급한다.

우리 인간의 삶은 어떤 모습의 '있음'들로 부단히 형용된다.

살아 있다, 죽어가고 있다, 죽음을 앞두고 있다
숨 쉬고 있다, 숨죽이고 있다
보고 있다, 듣고 있다, 맡고 있다, 만지고 있다, 맛보고 있다
말하고 있다, 입 다물고 있다, 조용히 있다, 떠들고 있다
먹고 있다, 입고 있다, 살고 있다
자고 있다, 깨어 있다
머물고 있다, 떠나고 있다
놀고 있다, 일하고 있다, 쉬고 있다

웃고 있다, 울고 있다, 화내고 있다, 놀라고 있다
하고 있다, 안 하고 있다
잘하고 있다, 못하고 있다

존재의 현상들에 대한 이러한 '있음'의 표현은
인간에 대해서만 이루어지는 것이 아니다.

닭이 모이를 쪼고 있다.
바위가 깨져 있다.
전투가 벌어지고 있다.

이 모든 '있음'이 곧 존재이니
존재가 어찌 중요하지 않으며 문제가 되지 않겠는가.

존재의 '누가, 언제, 어디서, 무엇을, 어떻게, 왜'에 대한 물음들은
실상 온 세상 삼라만상에 대한 물음들이라 할 수 있다.

이토록
근원적이고 보편적이고 영속적이고 본질적인 것이 존재이며
그 의미에 대한 물음이 '존재물음'임에도 불구하고
나와 너, 우리는 그 물음에 얼마나 진지하게 충실하면서 살고 있는가
나와 너, 우리의 '존재물음'이 얼마나 깊고 넓고 길고 높은가….

하이데거는 자신의 《존재와 시간》이

존재의 의미에 대한 물음을 구체적으로 정리하는 일이라 하였으며
존재와 그 의미를 문답하는 인간 현존재의 존재 양식을 '실존'이라
하였다.

나의 답글

서문에서 언급했듯이 이 책은 네이버의 〈문질빈빈〉 연구소 블로그에 올린 나의 '존재 일기' 시리즈를 손질하여 정리한 것입니다. 존재 일기 한 편마다 독자들의 댓글이 올라왔고 그 댓글마다 답글을 달아드렸습니다. 익명의 독자들에게 동의를 구하는 어려움과 출판 윤리적인 문제가 있고 해서 그분들의 댓글은 빼고 내가 달아드린 답글들을 일종의 미주尾註처럼 여기에 모아 실었습니다. 본문의 글들과 함께 존재 문제에 관련된 나의 일상적인 물음과 학문적인 답변을 접할 수 있을 것입니다.

삶의 질

⇨ 소유가 아닌 존재의 주인으로 사는 삶이 어떤 삶인지…. 막연하거나 흔들릴 때마다 에릭 프롬의《소유와 존재》를 매번 다시 읽고 있습니다.

낱말

⇨ 질적 연구를 사랑하며 살아가는 나에게 '질'은 결코 단순한 낱말이 아닙니다.

제자

⇨ 제자의 도리 못지않게 스승의 도리를 지키기가 참 어렵다고 생각합니다.

탄천

⇨ 시각이 워낙 지배적인 우리 몸과 지각 속에서 청각, 후각, 미각, 촉각의 소중함을 되새길 필요가 있다고 생각합니다.

무위

⇨ 존재물음이 있는, 문질빈빈의 삶을 나는 지향하고 추구합니다.

시간이라는 이름의 욕망

⇨ 자연인의 눈에 비친 문명인의 시간과 생각에 대해서 나는 남태평양 투이아비 추장의 책《빠빠라기》를 통해 많은 깨달음을 얻습니다.

⇨ 소유의 시간이 아닌 존재의 시간이 정작 어떤 시간성인지 깊이
성찰할 때가 많습니다.

사람과 사람은 어떻게 서로 연결되는가

⇨ 날로 팽창하는 SNS 세계가 너무나 많은 관계의 압박과 강박을
줍니다. 그래서 정보혁명 이후의 실존적 고독은 종래의 것들과
그 양상이 많이 다른 것 같습니다.

⇨ 알면 알수록 판단중지가 쉽지 않다는 말씀에 전적으로 공감합
니다.

⇨ 내 경험으로는 어찌할 수 없으므로 어찌해서 안 되는 사람이 타
인이라는 깨달음 덕분에 나 아닌 타인들을 좀 더 잘 이해하고
그들과 좀 더 나은 관계를 이룰 수 있더군요. 아내와 자녀를 포
함해서 말입니다.

우측통행

⇨ 본래 '체제體制'라는 것이 몸에 작용하는 억압인지라 내 몸, 네
몸, 우리 몸의 자유를 공정하게 양도할 수 있는 체제가 아니라
면 반드시 따져 묻고 때로는 저항해야 한다고 믿습니다.

다치면서 사는 법

⇨ 흔들리지 않고 자라는 나무가 없건만 많은 부모들이 자녀의 바
람막이가 되려고만 하는 것 같습니다.

열무김치

⇨ 향 싼 종이에 향내 나고 생선 싼 종이에 비린내 난다고 했습니다. 종이와 향-생선이 서로 내속 관계를 갖기 때문이겠지요.

비의 소리

⇨ 삶이 그렇듯이 모든 학문과 치료도 관계를 다룹니다.

⇨ 메를로-퐁티가《지각의 현상학》에서 대상과 신체를 왜 구분하는지, 어떻게 구분하는지 이 글을 통해 더 숙고해보기로 합시다.

남 사랑 내 사랑

⇨ 나를 사랑한다는 것이 이기적인 익애溺愛가 아니기에 실존적 자기애가 '탈자脫自. ex-ist'를 전제하기에 참사랑의 실천은 참으로 행하기 어려운 것 같습니다.

편리

⇨ 너무 일관되게 '이利'에 앞서 '의義'를 추구하는 사람에게서 그 가족이 고생하는 경우를 흔히 봅니다.

찬물 한 바가지

⇨ 갈구渴求는 단순하고 막연한 기다림이나 그리움은 아닌 것 같습니다. 목마른 탐구를 지속하고 있을 때 비로소 '스승'이 의미를 갖고 오시는 게 나의 체험입니다.

⇨ 내가 만나본 '공부 잘하는 사람'들의 특징은 공부에 '타는 목마름'이 있다는 것입니다. 그와 반대로 '공부 못하는 사람'들의 특

징은 작은 공부에도 너무 쉽게 '배불러 한다'는 것입니다. 세르
티앙주가《공부하는 삶》에서 썼듯이 공부의 핵심은 몰입과 침
잠, 경외와 도전의 시간입니다.

⇨ 깨어난다는 말과 '깬다'는 말은 그 뿌리가 하나라고 하더군요.
내 것으로 여기던 것을 깨기… 내려놓기… 질적 연구와 현상학
의 '판단중지'도 이런 것이겠지요.

인정 욕구

⇨ 인정 욕구가 어느 정도 적절하게 잘 채워질 때 건강한 삶이 가
능한 것 같습니다. 그렇지 않으면 우울증을 비롯한 각종 심리
질환을 앓게 될 수도 있겠지요.

밤꽃 향기

⇨ 가을에 밤을 거둘 때마다 가시를 불편하게만 여겨왔는데 밤이
입은 가시 옷의 존재 의미를 '있는 그대로' 다시 성찰해야겠습
니다.

소박한 부자

⇨ 몇 년에 걸쳐서 하나하나 심고 또 기르고 했더니 어느새 이렇게
긴 작물의 목록이 되었네요.

⇨ 금-토-일에만 짓는 농사이다 보니까 소박한 부자가 되기도 참
어렵답니다ㅋㅋ.

⇨ 수확… 농사를 짓는 사람에게 얼마나 설레는 말인지…. 감자가
참 이쁩니다. 강원도에서는 다음 주쯤부터 감자 수확을 시작합

니다.

방학

⇨ 무슨 일로든지 학교에서 좀 와달라고 했으면 좋겠습니다.

뱀 구멍

⇨ 우리보다 뱀 입장이 더 난처할 것 같습니다ㅎㅎ.

방법

⇨ 조합과 접속은 구조주의의 중요한 메커니즘입니다. 공시적 접
합인 범열範列, paradigm과 통시적 접합인 연사連辭. syntagm가
그 전형이겠지요.

칡

⇨ 칡즙이 혹시 《춘향전》에 나오는 '금준미주金樽美酒의 천인혈千人
血'이지는 않겠지요??.

나는 누구인가

⇨ 세계-내-존재자로서 우리는 '무엇'에 집착하기 쉬운 것 같습니다.
그러나 실존의 시간을 더 가지면서 때로는 '무엇'이 아닌 '누구'
의 물음에 관심을 두는 삶이 필요하지 않을까요.

몸

⇨ 본래 글자는 말의 그림이었고 말은 마음의 그림이었다고 합니다.

분위기

⇨ 하이데거의 '분위기'가 사르트르의 '상황'으로 나아가는 현상학 속에서 질적 연구의 세계성을 늘 깨닫고 익히게 됩니다.

등에

⇨ 곤충학자인 내 이웃은 벌레의 존재 이유를 잘 모르겠거든 일단 죽이지 말고 더불어 살라고 하더군요.

살아 있다

⇨ 걸을 수 있기에 갈 수 있고 살아 있기에 성찰도 할 수 있겠지요.

숫자의 현상학

⇨ 세상은 낙오한 병사를 구하는 세상과 구하지 않는 세상 둘로 나뉩니다. 세상은 대의를 위해서 몸 바친 사람과 그 유족을 끝까지 돌보는 세상과 돌보는 척만 하는 세상 둘로 나뉩니다. 우리가 사는 대한민국이라는 세상은 정녕 어떤 세상인가요?

⇨ 내가 이렇게 존재 일기를 쓰는 까닭은 잡힐 듯하다 맴돌기만 하는 생각들을 어설프면 어설픈 대로 정리하기 위해서입니다.

글이 글을 쓴다

⇨ 무언가를 전달하고자 하는 글도 있겠지만 글의 핵심은 나와 세상 사이의 지향적 대화가 아닐까 싶습니다. 전달하더라도 '직접 전달'이 아닌 '간접 전달'을 하는 글이 더 묘미가 있는 글인 것 같습니다.

⇨ 왜곡된 평가 때문에 글의 본질이 흐려지는 세태에 대해서 저도 늘 상심하고 있습니다.

잘 알지도 못하면서

⇨ 어느 정도의 억울함은 누구의 인생에나 있기 마련인 모양입니다ㅎㅎ.

⇨ 한 발 뒤로 물러서서 세상을 보기…. 좋은 태도라고 생각합니다. 한껏 두 발과 온몸을 다 담그는 열정과 몰입이 필요할 때도 있겠지만 거리를 두어야 제대로 보이는 것도 많겠지요.

잠수함의 토끼

⇨ 공자가 말하는 '爲己之學'의 의미로서 나 자신에게 도움이 되는 연구가 생산 소명의 첫걸음이지 싶습니다.

⇨ 홍익인간弘益人間 이화세계理化世界에 실상 한 치의 도움이 되지도 않는 자기만의 공부와 연구를 자기만의 이득에 쏟고 있는 사람들을 볼 때마다 국록國祿을 먹는 데 대한 강한 책임 의식을 가졌던 옛 벼슬살이 선조들을 떠올립니다.

미네르바의 부엉이

⇨ 미네르바의 부엉이 자체야 좋고 나쁘고가 어디 있겠습니까ㅎㅎ. 본시 즉자 존재에는 의미라는 게 없지요.

때문에 vs 불구하고

⇨ 우리가 하는 모든 연구에 범위와 한계가 있듯이 존재 가능태 지

향의 '불구하고'는 한계를 초월하고자 하는 현상학적 실천의 태
도가 아닐까 싶습니다.

⇨ 긍정의 '때문에'는 '덕분에'라는 표현으로 바꿀 수 있습니다. 덕
분은 '德分'이며, 큰 것德이어서 나눌分 수 있음을 전제합니다.
사랑하는 여자 친구에게 베풀었던 바비큐의 넉넉함…. 그것이
선생님이 언급하신 '후배의 고기 잘 굽는 솜씨'로 이어지고 있
는 듯합니다. 큰 것을 가지고도 나누지 않는 사람이 흔한 세상
이기는 하지만 말입니다.

⇨ 제가 어릴 때 '핑계 없는 무덤 없다.'라는 말을 듣고서 무슨 말
인지 한참 생각했던 기억이 있습니다.

⇨ 치료-상담과 교육 모두 힘을 기르도록 서로 돕는 'empowerment'
의 과정이라 믿습니다.

산골 살림

⇨ 현상학적 기술-묘사-서술의 생생함이 혹시 전해지나요? 질적
연구의 문질빈빈에도 조금 도움이 되나요?

벌과 모기

⇨ 모기는 나에 대한 미움이나 좋음이 없을 텐데…. 모기의 과학생
물학-생태학을 좀 더 잘 알게 되면 나의 일방적인 미움이 좀 누그
러지려나 모르겠습니다.

관찰의 힘

⇨ 있는 그대로는 '스스로 그러하다'는 점에서 '自然'입니다. 자연

은 '질質'이기도 하고 '즉자卽自'이기도 하지요. 자연에 인간의
손길이 닿은 모든 것은 '문文'이요 '문화文化'입니다. 질적 연구
의 원리이자 우리 연구소의 이름인 '문질빈빈文質彬彬'은 자연-
문화, 즉자-대자, 대상-의식 상관작용의 미학입니다.

⇨ 무궁무진한 관찰의 습성을 나는 아이들에게서 봅니다. 길들인 눈
으로 한정된 관찰을 하고 마는 습성을 어른인 나에게서 봅니다.

눈에 대하여

⇨ 현상학이 어원 공부 'etymology'를 중시하듯이 나는 우리 글 삶
의 뿌리인 한자 공부를 중시합니다.

⇨ 불가의 '무분별無分別' 세계가 극락極樂이라면 아담과 하와가 선
악과善惡果를 따먹기 전의 세계가 에덴동산이겠지요.

마음의 실타래

⇨ 질료-문화 사이의 문질빈빈…. 참으로 귀한 지향입니다.

⇨ 실의 흐름이 끊기지 않게 양손을 부드럽게 잘 돌려야 한다는 일
념이었습니다. 흐름이 끊기는 순간 어머님이 질타하셨기 때문
입니다.

세계

⇨ 세계 자체가 귀찮다니 좀 위험해 보입니다.

고등학교 자퇴생의 필즈상

⇨ 허준이 교수의 삶과 학문 여정에는 우리 질적 연구자들이 유심

히 들여다봐야 할 점들이 참 많은 것 같습니다. 문질빈빈의 눈으로 말입니다.

⇨ 대학입시를 앞둔 고등학교 시절에 나는 수학 때문에 엄청나게 고생했습니다. 수학을 포기하고서는 결코 '좋은 대학'에 갈 수 없었기에 수학의 어려움을 극복하자는 뜻인 '극수克數'를 책상머리에 써 붙여놓고 문제를 풀고 또 풀었습니다. 수학이 왜 극복해야 하는 무엇인지 지금 생각에도 참 씁쓸합니다.

서열과 등급

⇨ 서열이 높으면 높은 대로, 낮으면 낮은 대로… 등급이 높으면 높은 대로, 낮으면 낮은 대로… 서열과 등급 게임의 노예가 되어 공정하지도 정당하지도 않은 게임 그 자체를 깨부수는 힘을 잃은 집단 무기력…. 정말 한심하고 안타깝습니다.

⇨ 능력, 평가, 시험 자체의 문제가 아니라 왜곡된 능력주의, 평가주의, 시험주의가 문제이겠지요.

장마를 좋아하는 사람

⇨ 질적 연구가 중시하는 판단중지… 연구자 자신의 편견, 선입견, 고정관념에서 자유로운 변경變境 즉 경계 넘나들기… 이 모두 문질빈빈의 요체라고 믿습니다.

구심력과 원심력

⇨ 구심과 원심의 '心'은 마음이기도 하지요. 그래서 나는 현상학적이고 시적인 구심력과 원심력에 관심이 많습니다.

⇨ 중심의 안쪽과 바깥쪽을 에믹과 에틱으로 대비하는 것은 그리 적절하거나 타당하지 않습니다.

태생

⇨ 아렌트는 인간 조건으로서 행위의 중요성을 여러 각도에서 고찰하고 있는데 그 가운데 '말의 공공성'을 지적하고 있습니다. 말은 사적인 것일 수 없으며 공동체의 오랜 전통에 뿌리를 가지고 있습니다.

⇨ 요즘 들어 포스트휴머니즘이 부쩍 인구에 회자하고 그에 곁들여 아렌트의 《인간의 조건》이 부활하고 있습니다. 부디 '잘 알지도 못하면서' 인간의 조건과 포스트휴머니즘을 어설프게 결부하지 않았으면 좋겠습니다.

이가 없으면 잇몸

⇨ 우리 삶에는 이와 잇몸의 관계 같은 것들이 참 많지 않을까요?

⇨ 잇몸은 이의 몸입니다. 그 몸을 모르고 표면-가시-기능의 이에 무게를 두었으니ㅉ.

⇨ 썩은 이도 분명 내 몸이었는데 뽑고 나니 몸과 분리되어 사물 대상이 된 이빨을 책상 서가에 올려놓고 가끔 가만히 이상하게 바라봅니다.

허드렛일

⇨ 집안은 물론 마을과 골목까지 어린아이도 제 몫의 청소를 해야 한다는 인식이 어린 시절 내 세대에게는 있었습니다. 그런데 요

즘 아이들은 청소가 자기와 전혀 상관이 없는 일이라고 많이 여기는 것 같더군요. 심지어 자기 방 청소조차 말입니다. 왜 이렇게 되었을까요?

식자우환

⇨ 우리글 삶에서 한자 공부는 참 중요하다고 봅니다. 현상학적 어원 공부와 닿아 있기 때문입니다. 영어를 비롯한 다른 외국어와는 전혀 다른 의미의 뿌리가 한자에 있습니다.

산에 있는 것들

⇨ 있고 없음… 즉 존재와 부재에 대해서 늘 관찰하고 성찰하고 통찰합니다. 어떤 마음이 있고 없음과 돈이나 권력이 있고 없음은 다른 것 같습니다. 산에는 무엇이 있고 또 무엇이 없을까…. 이번 주말 강원도 집에서는 설악산과 그 속 존재들을 좀 더 두루 깊이 문화의 눈과 자연의 눈을 교차하면서 문질빈빈 해봐야겠습니다.

늦잠

⇨ 잠은 단순한 쉼이나 멈춤이 아닌 것 같습니다.
⇨ 늦잠을 자게 되는 연유가 다양한데 늦잠 이후에는 꼭 그 연유를 돌아보게 되더군요.

홍수

⇨ 이야기를 하거나 글을 쓸 때 우리는 알게 모르게 기술-분석-해

석의 순차적 구조를 따르는 것 같습니다.

것

⇨ 우리말에는 한 음절로 된 좋은 말들이 참 많습니다.

가, 갓, 개, 결, 겹, 곁, 골, 곳, 그, 길, 꼭, 꾼, 꿈, 끝, 끼, 나, 내, 날, 남, 낮, 낯, 낱, 너, 네, 녘, 놀, 놈, 눈, 늘, 님, 닻, 더, 덤, 덫, 데, 돛, 돝, 되, 뒤, 들, 땅, 때, 뜰, 뜸, 뜻, 띠, 맛, 멋, 매, 멱, 몇, 메, 몸, 뫼, 뭇, 뭍, 및, 밑, 밖, 밤, 밭, 벗, 빚, 빛, 봄, 뺨, 뻘, 뺨, 살, 삶, 섶, 새, 샘, 솜, 솔, 술, 숨, 숯, 숲, 쌈, 씨, 안, 얼, 앞, 옆, 온, 올, 옷, 울, 움, 위, 윷, 이, 잎, 잠, 저, 젓, 줄, 질, 짐, 짓, 짖, 짚, 짝, 짬, 째, 쪽, 쭉, 참, 척, 철, 첫, 체, 채, 춤, 키, 탈, 탓, 터, 틈, 퍽, 풀, 품, 피, 홀, 흉, 흠, 흙, 흥, 힘… 등등 참 많습니다.

고장

⇨ 과학은 설명하고 예측하고 그에 따라 처방하는 지식의 과정이며 소산입니다. 그와 달리 현상학은 이해하고 공존상생을 지향하는 지혜의 과정이며 소산입니다. 현상학은 보편적이거나 객관적인 예측과 처방을 조심스러워합니다. 과학이 논리적인 필연성과 통계적인 개연성에 기초할 때 현상학은 불확실성과 애매모호함을 관찰하고 성찰하고 통찰합니다. 심지어 존재의 본질에 우연성이 있음을 주목합니다. 나에게 고장故障은 우연성의 한 사태입니다.

전통

⇨ 드라마 〈안나〉에서 갑질하던 이현주가 거짓투성이인 이유미에게 지옥은 '공간'이 아니라 '상황'이라고 말하는 장면이 나오지요. 천국과 지옥 모두 별도의 즉자적 공간이 아니라 대자의 현상학적 상황임에 틀림이 없습니다.

있다

⇨ 현상학의 고마움을 얘기하시니 동지애를 느낍니다.

검색의 시대

⇨ 가공식품이 왜 몸에 해롭고 자연식품이 왜 몸에 좋은지와 비슷하다고 생각합니다. 패스트푸드로 대표되는 가공식품에 입맛을 길들이지 않도록 슬로우푸드의 노고가 즐거움이 되도록 조금씩 바꾸어 나가야겠지요. 유심히 들여다보면 교육다운 교육은 그 자체가 개선을 지향하는 질적 실행연구입니다.

따라서

⇨ 무위無爲를 귀하게 사유해온 나로서 '함爲'의 보편普遍 혹은 편재遍在 때문에 오히려 '함'을 전제할 수 있거나 생략할 수 있음에 대하여 사유를 더 깊게 새롭게 해 보아야겠습니다.

존재와 소유

⇨ 분별과 소유는 창세기에 인간이 선택한 숙명인지라 벗어날 수도 헤어날 수도 없는 것입니다. 그래서 우리의 첫 계명이자 으

뜸 계명이 사랑입니다. 하지만 사랑 또한 온전히 올바르게 행하기가 참 어려운 것 같습니다.

⇨ 우리 인간에게 존재와 소유는 무한정 '선택'의 문제가 아니라 지향의 '태도' 문제인 것 같습니다.

지금-여기

⇨ 선생님의 댓글을 읽고 있는 나의 지금-여기는 나와 선생님이 공존하고 상생하는 세계지평의 지금-여기입니다.

⇨ 조금씩 자라고 있는 선생님의 마음과 삶이 보여서 좋습니다.

⇨ 나에게는 지금-여기가 한편 '있는 그대로'를 전제하고 또 한편 '어찌할 수 없음'을 수반하는 느낌으로 다가올 때가 많습니다.

땅을 밟는 느낌

⇨ 아스팔트가 입혀지고 콘크리트로 포장된 땅들이 답답하고 갑갑하고 지쳐서 무뚝뚝해질 수밖에 없는 형국을 우리는 편리라는 이름으로 외면하며 지내는 것 같습니다. 숨을 쉴 수 없는 땅은 땅이 아닙니다.

개망초

⇨ 정말로 작은 개망초 꽃들이 아무 스스럼없이 하얗게 하얗게 뛰어노는 모습이었습니다. 존재의 무한함과 생명의 다양함을 우리가 무시하고 짓밟으며 산다는 반성을 많이 합니다.

⇨ 아름다움에 대한 판단과 기준의 차이 문제인 것 같습니다. 잡초의 '잡雜'에 대한 의미 혼란의 문제인 것 같습니다. 본래의 '잡'

은 서로 섞여 있음을 의미한 것이지 함부로 다루어도 좋음을 의
미하는 것이 아니었습니다.

외로움

⇨ 외로움은 분명 힘들고 슬픈 것입니다. 하지만 외로움이 안 좋기
만 한 것인가…. 그렇지는 않을 것입니다. 피할 수 없는 외로움
이라면 잘 이겨내야 할 것이고 나아가 즐길 수까지 있다면 더
고수의 길이겠지요.

⇨ 사람이니까 외롭다. 홀로 피어 있는 들꽃이나 홀로 서 있는 고
라니를 보면서 저들도 외로울까…. 가만히 상념에 잠긴 적이 있
습니다.

가락

⇨ 가루처럼 흩어져 뭉치지 않고 실타래처럼 뒤엉켜 복잡다단한 삶
이 인간의 숙명이겠지요. 그래서 가락이 더 귀한 것 같습니다.

마음은 존재의 집이다

⇨ 언어-마음-몸-세계의 통일성 혹은 총체성을 늘 사유하고 실천
하고자 합니다.

살아 있는 것은 다 흔들린다

⇨ 흔들림과 애매모호함은 그만큼 나를 겸손하게 만들고 그만큼
타인을 더 폭넓게 이해하는 기틀이 된다고 믿습니다.

⇨ 흔들림은 그것을 이겨냄으로써 약한 내가 좀 더 강해지는 기회

일 수 있겠지요.

높이 나는 새가 멀리 본다
⇨ 성찰이 있는 삶은 우리를 배신하지 않을 것입니다. 나의 좋고
  나쁜 습관에 대한 깊은 성찰… 함께 지속하기로 해요.
⇨ 다른 사람에 비해서 더 높이 더 앞으로 나아감은 그만큼의 책임
  을 더 감당해야 하는 일이겠지요.

청계천의 밤
⇨ 무더위도 지내야 할 계절 현상이려니 하며 내가 어찌할 수 없는
  것들에 대한 겸허함으로 수양을 합니다.
⇨ 하이데거의 분위기*stimmung*… 청계천의 밤은 말 그대로 '존재
  의 분위기'였습니다.

책에 눈이 있다
⇨ 글text을 쓰는 이의 눈과 읽는 이의 눈 서로 교차하며 만들어
  내는 그 사이들intertextuality… 그것이 글과 책의 미학이지 싶습
  니다.

몸값
⇨ 내 몸에 대한 코드화 가운데서 무엇보다 먼저 경계해야 할 것이
  내 몸의 노예화인 것 같습니다. 나 자신이 나의 주인이 되지 못
  하고 누군가의 혹은 무엇인가의 노예가 되는 현상들…. 문질빈
  빈으로 함께 '탈코드화' 합시다.

새로운 하루하루

⇨ 최근 들어서 우리나라 시민의식을 자화자찬하는 유튜브들이 많더군요. 그러나 근자의 내 체험에 따르면 공공장소의 시민의식에서 그런 자화자찬을 우려할 일들이 오히려 많더군요. 조직체 society가 아닌 공동체community로서 우리 사회를 개선하고 또 개선해야겠다는 다짐과 실천을 하며 삽니다.

⇨ 우습게 들리시겠지만 저는 한동안 혁명을 꿈꾸고 또 나선 적이 있습니다. 그러나 '내 안의 혁명'조차 너무나 버겁다는 깨달음 끝에 '나부터의 진일보'로 태도를 바꾸었답니다.

⇨ 새로워짐과 나아짐은 나와 선생님을 비롯한 누구에게도 쉽지 않은 일이라고 봅니다. 그러니 함께 서로 지지하고 응원하고 격려하면서… 진일보 진일보 !!

힘 빼기

⇨ 배드민턴을 다시 시작한다니 좋습니다. 운동은 선택이 아니라 필수이며 의무가 아닌 향유라 믿습니다.

⇨ 여러 가지 운동에 심취한 적이 있는데 그 모든 운동을 잘하는 관건이 힘 빼기였습니다.

⇨ 어찌할 수 없는 '문화인'이지만 형편 닿는 대로 '자연인'의 삶을 '습習'하고자 합니다.

인간세

⇨ 나는 '책임'이라는 말을 귀하게 여깁니다. 선생님과 함께 책임을 다시 생각할 수 있어서 지구에 대한 책임을 다짐할 수 있어

서 좋습니다.

⇨ 우리 개개인의 노력과 더불어 사회 시스템을 건강하게 바꾸는 공동체적인 노력이 절실하게 필요한 것 같습니다. 정치인을 더 이상 믿을 수 없기 때문입니다.

⇨ 내 아이를 염려하고 배려하는 마음이 우리 아이들을 염려하고 배려하는 마음과 크게 다르지 않은 사회가 좋은 사회인 것 같습니다.

보이지 않는 것 보기

⇨ 흔히 우리는 '보이는 것이 다가 아니다.'라고 하지요. 사람의 다, 세상의 다, 진리의 다는 본래가 유한한 인간으로서 나의 역량 밖에 있습니다. 그러니 다만 최선을 다해서 '다' 이해하고 품고 지향하며 살 따름이겠지요.

시민의식

⇨ 겉 다르고 속 다른 사람… 면종복배面從腹背를 일삼는 사람… 이해가 걸리면 의리를 팽개치는 사람… 말을 앞세우고 무실역행하지 않는 사람… 패거리를 지어 자신의 허약함을 감추는 사람… 스스로나 남에게나 제가 경계하는 사람들입니다.

겸허한 헌신

⇨ 늘 느끼지만 잘 산다는 것은 참 어려운 일입니다.

계란으로 바위 치기

⇨ 저 역시 오늘 운동하는 길에서 내내 광복절 노래를 흥얼거리며 우리가 이 귀한 광복절을 너무나 의미 없이 초라하게 기념하고 있다는 반성을 했습니다.

역설적 지향

⇨ 사랑에 적절한 방법이 있어야 하는 것처럼 자유의 삶에도 방법이 적절해야 하는 것 같습니다.

흥분

⇨ 지금-여기 써 올리고 있는 나의 존재 일기는 한편 나 자신과 내 삶에 대한 진실하지만 부끄럽기도 한 성찰의 기록이며, 다른 한편 독자 도반 한 사람 한 사람에게 진지한 대화를 청하며 내미는 나의 손길입니다. 그래서 선생님의 '일기 검사'가 아닌 도반 여러분의 맞잡아주는 대화의 손길을 간절히 원합니다.

⇨ 흥분을 하는 사람은 대개 열정과 에너지를 가진 사람입니다. 그러므로 흥분하지 않는 무기력한 사람보다 나은 사람일 수도 있지요. 다만 조절되지 않은 흥분 때문에 일을 명확히 보지 못하고 찬찬히 하지 못하거나 시도 때도 없이 아무 일에나 흥분하는 습관은 문제이겠지요.

⇨ 좋은 흥분에 인색하지 않음이 좋을 것 같습니다. 나의 기분 Stimmung을 위해서만이 아니라 우리의 분위기Stimmung를 위해서도 그렇습니다.

들리지 않는 것 듣기

⇨ 눈이 앞을 향해 있는 것과 달리 귀는 뒤의 소리까지 들을 수 있게 열려 있습니다. 그 덕분에 우리는 보이지 않는 것도 들을 수 있습니다. 귀의 미학과 귀의 예찬… 생명은 정말 신비롭습니다.

⇨ 능력과 평가, 분절과 분석, 업무와 성과지표…. 교수님의 현실 세계가 많이 빠듯하고 팍팍한듯하여 심히 안타깝습니다. 어찌할 수 없이 부정적인 곳에 머물러야 할지라도 긍정적인 실존의 여유를 애써 만들어가시면 좋겠습니다파이팅!!.

게임의 규칙

⇨ 〈오징어 게임〉… 냉혹한 경쟁을 전제하고 또 부추기는 자본주의 사회의 모순과 부조리를 극명하게 드러내어 보여주는 압권이었습니다.

흥망성쇠

⇨ 많이 잘하지 않더라도 조금씩 더 나아지려는 노력…. 결과의 나아짐은 혹시 아니더라도 지향과 과정의 나아짐을 귀하게 여깁니다.

긴장과 이완

⇨ 세계는 변증법적인 역설과 아이러니로 가득 차 있습니다. 질서의 에너지는 무질서의 엔트로피를 수반합니다. 참으로 오묘한 삼라만상입니다.

미운 놈 떡 주기

⇨ 모든 사람에게 미움받지 않을 수는 없고 또 그럴 필요도 없겠지
요. 어떤 상황에서 내가 왜 미움을 받으며 어떤 상황에서 내가
왜 미움을 갖게 되는지 좀 더 깊이 살펴봐야겠습니다.

동지

⇨ 이왕이면 참 동지 오랜 동지가 되면 좋겠습니다.

⇨ 뜻의 힘… 의미의 힘… 함께라는 힘….

⇨ 취직에는 운이 작용하지만 공부에는 운이란 것이 없습니다. 공
부만큼 정직한 것도 없지 싶습니다. 우리가 함께 '블러디bloody'
공부를 한 것이 습득習得과 체득體得의 것이라면 반드시 내 몸에
남아서 귀한 의미와 기능을 가지리라 믿습니다.

우선순위

⇨ 가끔은 우선순위를 전혀 엉뚱하게 바꾸어보는 일도 재밌겠네
요. 그런 뒤집어보기, 거꾸로 살기를 통해서 새로운 깨달음을
얻을 수도 있을 것 같고요.

궁하면 통한다

⇨ 스스로 '自'가 들어가는 말들… 자유, 자발, 자립, 자생, 자율, 자
조, 자애, 자강, 자족 모두 다할 '窮'의 뿌리인 것 같습니다.

⇨ 평소 일상에서 생각하지 않는 방향으로 방법으로 생각하기가
문질빈빈의 핵심일 수도 있습니다.

U-turn
⇨ 이야기 즉 내러티브가 왜 질적 연구를 요청하여 그 귀한 소재가
되는지 새삼 깨닫게 해주는 댓글이군요ㅎㅎ.

선물
⇨ 선생님이 말씀하시는 '진심'과 '진가'의 참 '眞'… 그것이 착함
의 전제가 아닐까 싶습니다.

거경궁리
⇨ 대중적이거나 학술적인 상황에서 우리가 흔히 쓰는 말들 가운
데 동양의 고전에서 유래한 말들이 참 많습니다.《논어》가 그렇
고《맹자》가 그러하며 불가에서 유래한 말들도 참 많습니다.

시간 약속 지키기
⇨ 존재와 시간의 탄탄한 가치관을 가지고 계시군요.

관심
⇨ 사이라는 것은 어디에도 속하지 않으면서 부단히 속함을 넘어
서는 여백의 여유인 것 같습니다.

황소의 눈
⇨ 무심에 마음을 보태는 유심…. 어떤 마음을 보태어 유심히 살펴
보고 들여다보고 따져보아야 할지 무심이 무정견은 아니길 바
랍니다.

⇨ 현실에 치여… 라는 말은 참 아픈 말입니다. 현실태와 이념형을 넘나들되 그로써 본질을 찾고 또 실천하는 태도가 무엇보다 중요하겠지요.

팀 스피리트

⇨ 호흡 자체에 대한 문질빈빈보다도 나라와 백성은 뒷전인 채 왕 놀이, 왕비 놀이, 장관 놀이, 의원 놀이 등등에 도취한 우리 정치계 현실에 대한 상심이 이 글의 요체입니다ㅠㅠ.

의미의 의미

⇨ 빅터 프랭클이 말한 대로 "내가 삶에서 [도구적으로] 기대하는 것보다 삶이 나에게서 [의미적으로] 기대하는 것을 먼저 살피자."는 태도가 실존적 의미 지향의 중요한 태도인 것 같습니다.

자유의 현기증

⇨ 자유와 선택, 그에 수반하는 참여와 책임 덕분에 불안이 생기는 것이라고 여기면 불안이 낯설지가 않고 어찌 보면 당연한 실존일 수도 있어서 안전하고 안정된 삶을 살 수 있는 것 같습니다.

⇨ 제 글들이 어떤 연구와 학문, 어떤 귀한 일에 활용될 수 있다면 참으로 보람이 있을 것 같습니다.

책 읽는 계절

⇨ Make the familiar strange, make the strange familiar. 문질빈빈의 방법 혹은 전략 가운데 하나입니다. 대개 '문文'은 'familiar'하

며 대개 '질質'은 'strange'합니다. 친숙함의 'familiar'는 'family'이기 때문이며 낯섦의 'strange'는 이방의 'estrange'이고 더 근원을 찾자면 'extra outside'이기 때문입니다.

책 읽는 방법

⇨ 순환循環, circling은 돌아서 제자리로 오는 일의 반복입니다. 하루의 아침이 낮과 저녁과 밤을 돌아서 다음 날 아침으로 반복되는 것 같이 말입니다. 그런데 현상학적 해석학에서 말하는 '해석의 순환'은 단순한 반복 또는 '헐벗은 반복'이 아니라 뭔가 새로운 '차이를 생성하는 반복'을 의미하기도 하고 지향하기도 합니다. 기실 아무런 차이가 없는 단순한 반복은 있을 수 없습니다. 만약 책을 읽기 전과 읽고 난 후에 아무런 차이가 없다면 그 시간 사이의 '읽음'이라는 일은 도대체 무슨 일이며 무슨 의미일까요. 나의 이런저런 읽기에서는 읽기 전의 이해와 읽고 난 후의 이해 사이에 어떤 차이들이 생성되고 있을는지요. 어떤 달라짐과 새로움과 나아짐이 있게 될까요.

해야 한다

⇨ 누구나 독특한 문장 습성이 있는 것 같습니다. 사소한 습성은 개성으로 존중해야겠지만 과도한 '해야 한다.'의 표현은 사소한 습성이 아닌 것 같습니다.

⇨ 질적 연구 특유의 공감적 타당성, 대화적 타당성, 해방적 타당성 등…. 이 모두가 내 문장 습성 속에도 녹아 있어야 하는 것들이겠지요.

나

⇨ 정작 나 자신은 나를 볼 수 없고 타인의 시선 속에서 거울을 통해서 나를 본다는 말이 좋습니다.

남

⇨ 현상으로 개념으로 짝패dyad인 경우는 항상 변증법적 대립의 관계에서 관찰하고 분석해야 할 것 같습니다.

대학수학능력시험

⇨ 시험과 평가 모두 교육의 중요한 과정이며 수단임에는 틀림이 없습니다. 그러나 우리 한국 교육계의 시험과 평가가 진정 교육다운 교육의 시험이며 평가인지에 대해서는 의혹의 여지가 많습니다.

⇨ 틸리히P. Tillich는 '존재의 용기'가 실존의 전제라 했습니다. 우리 각자가, 그리고 우리 서로 함께 왜곡된 입학시험제도를 비판적으로 해체하고 교육다운 교육의 것으로 재구성하는 데 너무나 무심하고 무기력한 것 같습니다. 껍질을 깨는 고통을 감내할 존재의 용기가 아예 없거나 부진한 것 같습니다.

존재물음

⇨ 존재물음을 하는 유일한 존재자가 인간 현존재이기는 합니다만 그것이 비인간 존재자들에 대한 인간의 특권적 지위를 의미하지는 않겠지요.

⇨ 일상은 세계-내-존재의 당연하고 정상적인, 따라서 안이한 삶

의 양식입니다. 일상의 무의미한 반복으로 인하여 망각하거나 은폐되어 있는 존재에 무관심한 비실존적인 삶을 하이데거는 '세인世人·歲人'의 삶이라 칭하며 경계했지요.

다치면서
사는 법

존재 일기

초판 1쇄 발행 2022. 12. 21.

지은이 조용환
펴낸이 김병호
펴낸곳 주식회사 바른북스

편집진행 김재영
디자인 최유리

등록 2019년 4월 3일 제2019-000040호
주소 서울시 성동구 연무장5길 9-16, 301호 (성수동2가, 블루스톤타워)
대표전화 070-7857-9719 | **경영지원** 02-3409-9719 | **팩스** 070-7610-9820

•바른북스는 여러분의 다양한 아이디어와 원고 투고를 설레는 마음으로 기다리고 있습니다.

이메일 barunbooks21@naver.com | **원고투고** barunbooks21@naver.com
홈페이지 www.barunbooks.com | **공식 블로그** blog.naver.com/barunbooks7
공식 포스트 post.naver.com/barunbooks7 | **페이스북** facebook.com/barunbooks7

ⓒ 조용환, 2022
ISBN 979-11-6545-967-3 03810